PARALELO CERO

Dirección del proyecto editorial:
Trini Marull

Dirección editorial:
Isabel Carril

Coordinación editorial:
Begoña Lozano

Edición:
Carmina Pérez

Diseño:
Emilio Rebull

Cubierta:
Grupo Kunzzo, S. L.

Fotografía de cubierta:
Getty Images

PARALELO CERO

Clara en la oscuridad

J. R. Barat

Capítulo primero

EL verano había empezado a languidecer, azotado por los aires lluviosos de finales de agosto. Recuerdo que llegué a media tarde y la ciudad, como en una acuarela, me pareció anclada en un mar de luz.

Mi tía Adriana estaba encantada con la idea de acogerme durante todo un curso. Era hermana de mi madre. Su marido, mi tío Pascual, había fallecido hacía medio año después de una larga y penosa enfermedad, dejándola viuda y sin hijos.

El balcón del salón comedor daba a la Gran Vía, una de las avenidas más importantes. Tenía un bulevar en el centro poblado de árboles enormes. Mi tía y yo estábamos asomados y contemplábamos el bullicio de la ciudad.

–Aquí vas a estar bien, Sergio, ya verás. No sabes lo feliz que me hace tenerte conmigo.

Yo adoraba a mi tía, pero no hacía otra cosa que pensar en lo que había dejado atrás. Acababa de cumplir los quince años y mi mundo se había desmoronado de repente. Todo desaparecía tragado por un terremoto. Me sentía tremendamente confuso.

Recordé a mis amigos, uno por uno, los compañeros y profesores del instituto, miles de anécdotas, rincones y lugares en los que había sido feliz, las risas y las bromas, los juegos compartidos. Todo se me figuraba ahora como una película que alguien ajeno a mí había protagonizado en mi nombre.

–Esta noche nos vamos a cenar por ahí –dijo mi tía Adriana con una sonrisa luminosa–. Debes empezar a familiarizarte con la ciudad cuanto antes. Mañana ya habrá tiempo de abrir maletas y guardar la ropa en el armario.

Dimos un paseo por el casco viejo. Visitamos la plaza del Ayuntamiento, la de la catedral, las calles adyacentes; admiramos el intenso trajín que reinaba por todas partes, y cuando comenzó a caer la noche, tomamos un taxi y nos acercamos hasta el paseo marítimo.

Habituado al ambiente de Zaragoza, me sorprendió el espectáculo que ofrecían el mar y la algarabía de la gente que ocupaba el paseo, la arena y las terrazas de los restaurantes playeros.

–¿Qué te dije? –me preguntó mi tía mirando el mar.

–No está nada mal –aprobé, sonriendo–. Pero creo que echaré de menos a mis amigos. Aquí no conozco a nadie.

–Vamos, vamos –me animó–. Dentro de nada te encontrarás aquí como pez en el agua. En cuanto empiecen las clases y conozcas a tus nuevos compañeros de curso, las cosas cambiarán.

A principios de septiembre mi tía comenzó a trabajar en una mercería, mañana y tarde. Al mediodía, comíamos juntos y veíamos la tele un rato o charlábamos de cualquier cosa. Ella casi siempre se quedaba dormitando unos diez o quince minutos en el sofá y yo aprovechaba para jugar a la *play*.

No tenía ocupación ninguna, aparte de bajar al supermercado a comprar alguna cosa o mantener la cocina y mi habitación en condiciones más o menos decentes.

Estaba sin saber qué hacer con mi tiempo libre hasta que empezaran las clases en el instituto en el que mis padres me habían matriculado, el IES Ramón Sijé, uno de los más céntricos y de mayor prestigio.

Comencé a deambular por la ciudad igual que un perro vagabundo, deseando perderme por sus calles y por sus rincones más extraños. Pasaba las horas buceando en un océano de aburrimiento. Me sentaba en parques solitarios, en compañía de mendigos a los que me unía la sensación de desarraigo, y me tiraba horas y horas leyendo libros, buscando la evasión entre las páginas de héroes que protagonizaban aventuras trepidantes y resolvían misterios y enigmas indescifrables. Lovecraft, Edgar Allan Poe y Stephen King eran mis favoritos. A veces, por distraerme, recorría callejuelas de barrios marginales. Otras paseaba por el cauce del río, a través de un laberinto de sombras vegetales, hasta llegar al puerto, para sentarme un rato en el rompeolas y dejarme arrullar por el sonido del mar. De ese modo empecé a conocer la ciudad.

Hablaba con mis padres todos los días por teléfono. Mi relación con ellos nunca había sido demasiado buena, porque era un muchacho bastante rebelde. Y creo que fue tal vez esa condición mía la que les hizo concebir la diabólica idea de mandarme a vivir con mi tía Adriana. «La pobre se ha quedado sola», decía una y otra vez mi madre. «Está pasando una época difícil y necesita alguien a su lado».

Faltaba una semana apenas para que comenzaran mis clases en el instituto. Pero, sinceramente, no me apetecía lo más mínimo que el nuevo curso echara a andar.

Las clases empezaron a mediados de mes. El instituto se alzaba en el centro de la ciudad. Tenía un claustro enorme, como si las instalaciones hubieran formado parte de un antiguo convento. Todo era muy grande: las aulas, los pasillos, las puertas. El mismo edificio parecía un gigante de cemento.

Me asignaron el grupo de 4.º B. Contándome a mí, veintiocho alumnos. Los compañeros se conocían de cursos anteriores, así que ya desde el primer día cincuenta y cuatro ojos estaban pendientes de mí. Yo era «el nuevo».

Seguía sin poder desprenderme de la sensación de orfandad espiritual. Y ahora, al comenzar el curso, el recuerdo de mis antiguos amigos, a los que echaba de menos, se volvía insoportable. Me sentaba al final del aula e intentaba pasar desapercibido, fingiendo que no notaba cómo me miraban, cómo cuchicheaban sobre mí. Procuraba no hablar con nadie ni llamar la atención en nada.

Algunos compañeros trataron durante aquellos primeros días de acercarse a mí, supongo que con buenas intenciones, pero yo no mostraba ningún interés en hacer nuevas amistades. Deseaba estar solo. Era mi forma de protestar contra el mundo, contra la injusticia de haberme arrancado de cuajo de mi paraíso anterior.

En cuanto llegaba a casa, mi tía me recibía con un beso de domingo. Luego, mientras comíamos, dejaba caer con disimulo las mismas preguntas día tras día: qué tal el instituto, cuántos amigos has hecho, cómo son los profesores, y yo respondía a todo que sí y cambiaba enseguida de conversación. Fingía interesarme por la mercería. Por las noches apenas hablábamos. En cuanto podía escabullirme, me encerraba en mi habitación con la excusa de hacer las tareas escolares, pero me ponía a jugar a la *play* o a leer alguna novela, casi siempre de misterio, mi género favorito.

Los días transcurrían sin pena ni gloria. El trabajo del instituto se iba amontonando sin que me diera cuenta ni me importara, como se acumula el polvo sobre los muebles. Y yo no ansiaba otra cosa que perderme por la ciudad, sin amigos, sin nadie con quien hablar.

Ignoraba que mi vida estaba a punto de dar un giro de ciento ochenta grados.

Capítulo segundo

HABÍA comenzado a llover a media tarde. A pesar del mal tiempo, no me apetecía permanecer aquel domingo en casa. Necesitaba encontrarme a mí mismo, así que cogí el chubasquero y me lancé a la calle.

A la media hora ya me había arrepentido de mi decisión. La lluvia arreciaba. Me metí en la catedral, me senté en un banco y me entretuve un buen rato viendo a la gente que entraba, seguramente igual que yo, huyendo de la lluvia, pero enseguida me aburrí y me dediqué a observar los retablos de las naves laterales. No tenía ni idea de arte. Para mí, las imágenes dolientes y piadosas desprendían un aura que me provocaba un intenso desasosiego.

–¿Te gusta?

Me di la vuelta y contemplé a una desconocida muy guapa que me sonreía con expresión radiante.

–¿Eh? ¿Qué?

–Que si te gusta.

La situación era desconcertante. ¿Quién era aquella chica que de repente se ponía a hablar conmigo como si me conociera de toda la vida? Por toda respuesta, me alcé de hombros y torcí los labios, porque no sabía qué responder ni hacia dónde desviar la mirada.

–¿No me conoces?

La examiné con curiosidad. Su cara me sonaba de algo, sí, pero no la recordaba. Debía de tener mi edad. Su cabello era rubio y largo, sus ojos verdes y sus labios dibujaban una curva encantadora.

–No estoy seguro.

Ella soltó una carcajada.

–Desde luego, vaya despiste. Me llamo Clara y somos compañeros de clase. Tú eres «el nuevo».

Me quedé de piedra. Así que aquella muchacha angelical iba a mi clase. Y yo sin haberme enterado.

–¿Somos compañeros? –repetí como un estúpido.

–Así es. Pero por lo visto, mientras yo estoy en clase, tú debes de andar en alguna galaxia bastante lejana.

No salía de mi asombro. Llevaba ya un par de semanas en el instituto y todavía no me había enterado de nada. Fue en ese preciso momento cuando advertí lo desconectado que vivía del mundo en los últimos tiempos. Encerrado en mí mismo, había construido un caparazón impenetrable con el que mantenerme aislado, invulnerable a toda agresión exterior, más solo que un bibliotecario. Me di cuenta de que era injusto con mi tía, con mis profesores y con mis compañeros del instituto. Incluso conmigo mismo. Había querido refugiarme en mi mundo interior para no traicionar mis recuerdos y había terminado por perder el contacto con la realidad.

–Me llamo Sergio –me presenté alargando tontamente la mano derecha.

Ella volvió a sonreír.

–Ya lo sé –estrechó mi mano con alegría–. Sergio Mora. Y te sientas al final de la clase. Solo. Como si estuvieras peleado con el mundo.

Tragué saliva.

–Es que soy un poco tímido.

Ella entrecerró los ojos al oír aquello. No sé si me examinaba por dentro o si se burlaba de mí.

–¿Qué haces aquí?

–¿Aquí?

–En la catedral. ¿Eres creyente o es que te gusta el arte?

–Pues si quieres que te sea sincero, simplemente me estaba refugiando de la lluvia.

Ella volvió a reír, con una risa transparente y contagiosa, y yo, por fin, abandoné la seriedad. Sonreí algo turbado.

–Yo también he entrado huyendo de la lluvia –admitió–. Pero reconozco que me apasiona el arte.

Supuse que yo debía decir algo.

–Yo prefiero leer.

Una luz invisible alumbró el rostro de Clara.

–¿Leer? Si eso ya no está de moda…

–Bueno. Solo me atraen determinados temas.

–¿Y puedo preguntar cuáles son esos temas?

–Suelo leer novelas de suspense. Y cuando entro en una iglesia o en una catedral, como ahora, no puedo dejar de pensar en todo el misterio que rodea lo que hay aquí –señalé el retablo que teníamos delante–. Mira estas imágenes, por ejemplo. Esos tonos oscuros, esos gestos de padecer tormentos, las crucifixiones, el fuego del infierno, los resucitados, las criptas… Si lo piensas bien, cualquier templo podría ser el escenario de una novela gótica. De esas que ponen los pelos de punta.

Clara me contemplaba sin pestañear. De súbito, hizo un gesto divertido con la cara y sonrió abiertamente.

–Ven. Haré de guía sin cobrarte.

Me llevó hasta el centro de la catedral y me propuso admirar el retablo principal con sus impresionantes frescos, la capilla mayor y el coro canonical, las diferentes capillas situadas detrás del altar, entre las que me llamó la atención la del Cristo de la Buena Muerte; luego me mostró la sala capitular y las representaciones de los ángeles músicos, y me fue explicando algunos detalles de las distintas capillas que se sucedían en las naves laterales, hasta que entramos en la del Santo Cáliz, la más venerada por los fieles.

Por último, subimos los doscientos nueve escalones de la torre del campanario y accedimos a la terraza. Había dejado de llover y la ciudad, alumbrada por miles de lucecitas vespertinas, parecía adormilada bajo un cielo apelmazado de nubes cobrizas.

–Esta torre es el símbolo de la ciudad –indicó Clara, zambullendo los ojos en la lejanía–. Desde aquí podemos verlo todo. Incluso el mar.

Allá abajo se veía a los viandantes que iban y venían, diminutos, de un lado para otro. Los autobuses, los coches, los taxis. La ciudad semejaba un hormiguero en ebullición.

Le expliqué dónde vivía y no tardó en señalar con el brazo la dirección de mi piso. Desde aquel lugar, podía distinguir las copas de los árboles que poblaban la Gran Vía. También me señaló la ubicación del instituto.

–Vámonos ya –dijo Clara en cuanto nos cansamos de admirar la ciudad en todas direcciones–. Está haciéndose de noche y tengo que volver a casa. Mi padre estará esperándome, impaciente.

Bajamos con cuidado. La escalera era empinada y estrecha, y en determinados tramos había que hacer sitio para que pasaran los que subían. Cuando por fin salimos a la calle, la lluvia había remitido del todo.

Mientras caminábamos, Clara no paraba de explicarme cosas como una estupenda narradora de historias. Parecía realmente una guía turística. Me contó curiosidades sobre la ciudad que me fascinaron. Aquella muchacha era una verdadera enciclopedia andante.

Habíamos ido zigzagueando por calles y avenidas, sin que me diera cuenta de por dónde pasábamos, tan embebido estaba con su conversación, hasta que de repente nos detuvimos ante un edificio gris.

–Bueno, fin del trayecto –dijo con una sonrisa–. Mañana nos veremos en clase.

–¿Vives aquí?

Ella alzó la cabeza y señaló hacia arriba.

–En el 1.º A.

En aquel momento, la figura de un hombre de cabello, barba y bigote blancos se asomó por la ventana del balcón y sus ojos se posaron en nosotros. Parapetado tras la cortina de tul blanco me recordaba a una de esas siluetas envueltas por la sombra que protagonizan novelas de misterio plagadas de crímenes sin resolver. Movió apenas la cabeza. Una inclinación sutil que tenía trazas de contraseña.

–Mi padre –indicó Clara–. Hasta mañana.

La vi meterse en el portal y desaparecer de mi vista. Volví a alzar la mirada hacia el balcón. El hombre seguía allí, observándome, inmóvil, con una expresión indescifrable. Finalmente, cerró los postigos de la ventana.

De improviso, sonó un trueno en la lejanía y un inmenso relámpago rasgó la piel del cielo. Y comenzó a llover con tanta fuerza que no tuve más remedio que echar a correr y buscar un lugar donde resguardarme.

Al día siguiente, nada más entrar en clase busqué a Clara con los ojos. Seguía las explicaciones de los profesores sentada en la primera fila, al lado de la pared, junto a otra chica que tenía una cabellera castaña y larga como una catarata, cayéndole por toda la espalda. Cuando Clara me vio, me saludó con una sonrisa.

Durante los días siguientes, me propuse prestar atención a los profesores y participar mínimamente. En realidad, yo nunca fui un alumno modélico, y no creo que jamás llegue a serlo. Solía aprobar por los pelos y en las recuperaciones. Sin embargo, algo en mí comenzaba a cambiar. Llevaba ya casi un mes en aquella nueva ciudad y la irritación que había sentido durante las primeras semanas contra todo había ido diluyéndose con el paso de los días hasta desvanecerse casi por completo. Seguía acordándome de mis amigos y de mi existencia pasada, pero la nostalgia no me impedía vivir con normalidad mi nueva vida. Además, mi tía Adriana se empeñaba en hacerme la vida agradable y estaba consiguiéndolo.

En la clase de Lengua y Literatura me atreví a salir voluntario a la pizarra y desentrañar la sintaxis de una oración sin meter demasiado la pata. En Inglés, leí en voz alta un soneto de Shakespeare y recibí las felicitaciones de la profesora, una mujer al borde de la jubilación a quien llamábamos Mary Poppins porque siempre llevaba paraguas, aunque luciera el sol.

Al acabar la jornada del viernes me hice el encontradizo con Clara, que salía por la puerta acompañada de dos amigas. Una de ellas era la chica despampanante que se sentaba a su lado en clase.

–Voy en la misma dirección –mentí–. Os acompaño.

Fuimos hablando de tonterías durante un rato. Supe que la chica de la larga cabellera se llamaba Julia y que la otra, una morena algo más bajita y con cara de susto, respondía al nombre de Soraya.

Julia era la que llevaba la voz cantante en la conversación. No solo era muy atractiva, sino que además tenía una personalidad arrolladora. Hablaba y reía al mismo tiempo, como si todo le resultara divertido. Soraya, por su parte, escuchaba sin despegar los labios. De vez en cuando me miraba de reojo, sin acabar de fiarse de mí. Yo fingía que no me daba cuenta de aquella inspección inquisitiva y trataba de seguir el hilo de la conversación, metiendo baza con alguna observación intrascendente.

A la altura de la calle de San Vicente, Julia y Soraya nos dejaron solos.

–El otro día, cuando te metiste en casa, tu padre se quedó mirándome un rato a través de la ventana del balcón –dije.

Ella sonrió sin dejar de caminar.

–Le gusta asomarse por la ventana para verme llegar. Lo hace desde que dejó de acompañarme al colegio. Además, le encanta lo de observar a la gente que pasea por la calle. Es una de sus distracciones favoritas.

–Parecía muy serio.

–¿Serio? ¡Qué va! Estaría preguntándose quién era el chico que me acompañaba.

No supe qué decir.

–Pero en el fondo es muy agradable.

Volví a pensar en el aspecto de aquel hombre. Recordé el pelo, el bigote y la barba blancos, la expresión austera, la mirada lejana…

–Y bastante culto –añadió Clara–. Domina seis idiomas: español, alemán, inglés, francés, checo e italiano. Lo único que le ocurre es que habla poco.

–A mí me gustan las personas que hablan poco –comenté, por decir algo.

–Yo creo que es signo de inteligencia. Las personas sabias solo hablan cuando tienen algo importante que decir. El resto del tiempo prefieren escuchar.

–¿Esa frase es tuya?

–No –admitió con naturalidad–. La he leído por ahí y se me ha quedado grabada.

–Pues yo creo que esa frase es discutible. Tu amiga Julia, por ejemplo, habla más que una locutora de radio. ¿Acaso la consideras poco inteligente?

–Julia habla porque es una cotorra –dijo Clara riendo–, aunque es una cotorra que piensa. Dice que quiere estudiar

Periodismo y yo creo que le va como anillo al dedo. Todo el día dándole al micrófono…

Sonreí.

–¿Y tú? –pregunté–. ¿A qué te vas a dedicar?

Fingió que pensaba en algo demasiado complicado.

–Pues la verdad es que me atraen muchas cosas. Me gustan las ciencias y las letras, lo cual es un problema, porque el año que viene tendré que elegir en el bachillerato, pero… sinceramente, lo que más me atrae es la música.

–No te imagino cantando al estilo de Shakira o Beyoncé…

Clara soltó una carcajada.

–Pues no se me da mal cantar. Sin embargo, lo que en realidad me gustaría es ser pianista. Como mi madre. Por eso voy al conservatorio casi todas las tardes. Estoy en tercero de grado medio.

Pensé que mi vida era bastante diferente a la suya. Yo me pasaba el tiempo sin hacer nada y ella aprovechaba las veinticuatro horas del día.

–Andarás siempre ocupada.

–Pues sí. No tengo demasiado tiempo libre, esa es la verdad. Pero no me importa porque en realidad hago lo que más me apetece. Si no me gustara, lo dejaría. Puedes estar seguro.

Llegamos hasta su casa sin apenas darnos cuenta.

–Bueno, pues nos vemos el lunes en el instituto.

Nos miramos durante unos segundos. Clara podía presumir de un rostro perfecto, ovalado, y en la barbilla, cuando sonreía, se le formaban dos hoyuelos muy graciosos.

–Podríamos quedar esta tarde –dije antes de que se marchara–. Me gustaría que me siguieras enseñando cosas de la ciudad. Sobre todo, algún rincón misterioso –sonreí al decir aquello–. Aún no la conozco. Además, hoy es viernes y mañana no tenemos clase.

Ella pareció tomarse en serio mis palabras.

–¿Te gustaría conocer algo realmente misterioso de la ciudad?

–Por supuesto.

Clara vaciló unos momentos.

–Esta tarde tengo clase en el conservatorio y luego he quedado con mi padre, pero podemos vernos por la noche un rato. Te enseñaré un espectáculo soberbio.

–¿Esta noche?

–¿Qué pasa? Es viernes.

–Por mí encantado.

Nos despedimos con un estúpido apretón de manos. Se metió en su portal, como un remolino de luz, y desapareció de mi vista. Levanté los ojos y contemplé unos instantes el balcón de su vivienda, cerrado.

El haber acompañado a Clara provocó que yo llegara a mi casa con bastante retraso. Al entrar en la cocina encontré una nota de mi tía Adriana sobre la mesa.

«He tenido que irme a la tienda antes de la hora y no he podido esperarte. En la nevera tienes el plato de lentejas. Caliéntalo en el microondas. Un beso».

Yo no deseaba comer lentejas ni nada similar. Ni siquiera tenía hambre. Me tomé un zumo de piña y me zampé un par de plátanos para acabar pronto y tumbarme enseguida en la cama. Lo único que deseaba era que llegara la noche cuanto antes.

Capítulo tercero

ERAN las diez y veinte cuando se abrió la puerta y apareció Clara, vestida con vaqueros, camiseta y deportivas.

Antes de marcharnos, alcé la mirada y vi a su padre, asomado a la ventana del balcón, inmóvil como una estatua, parapetado detrás de la cortina de tul blanco, observándonos fijamente.

–¿Hasta qué hora te dejan salir?

–Hasta que yo quiera.

–Estupendo. ¿Y adónde vamos?

–Sorpresa.

Atravesamos el cauce del río y cruzamos la Alameda. Poco a poco íbamos abandonando el centro y nos adentrábamos en las zonas periféricas de la ciudad. No tardamos en llegar al campus universitario, que a aquellas horas ofrecía el aspecto de un barrio fantasma.

–¿No tienen miedo tus padres de que te pase algo?

Clara rio.

–¿Qué me puede pasar?

–No sé. Al fin y al cabo solo tienes quince años –dije en tono de broma–. Y una chica con quince años por ahí sola, un viernes por la noche…

–Pareces un viejo, y además machista.

Habíamos empezado a bordear el Politécnico y pronto salimos a las huertas.

–En primer lugar, no estoy sola. Estoy contigo. En segundo lugar, mi padre confía plenamente en mí y me da libertad absoluta para que haga siempre lo que yo considere conveniente. Y en tercer lugar, no soy tonta y sé dónde me meto.

–¿Y a tu madre? ¿También le parece bien?

Al oír aquello, Clara se detuvo y me miró a los ojos. Acerté a distinguir un brillo apagado en el fondo de sus pupilas.

–Mi madre murió hace muchos años.

Lo dijo bajando la voz, y yo me quedé sin saber cómo continuar la conversación.

–Lo siento –murmuré, al fin.

Clara sonrió con tristeza, sacudió la cabeza, como para quitar importancia o decir «no pasa nada», y reanudó la marcha.

Durante algunos minutos caminamos en silencio.

–¿Podrías decirme, al menos, adónde vamos? No creo que por aquí haya ninguna discoteca…

–La paciencia es una gran virtud.

No tuve tiempo de seguir protestando porque en aquel momento divisé, en mitad de la negrura que nos rodeaba, la silueta de un castillo.

–¿Qué es eso?

La luz de la luna derramaba sobre el paisaje una claridad azufrada.

–Te dije que te iba a enseñar algo soberbio.

A medida que nos acercábamos podía distinguir con mayor precisión los contornos y la estructura del edificio. Lo que en un principio me había parecido la silueta de un castillo o de un palacio ofrecía ahora, a la luz de la luna, el aspecto de una mansión señorial arruinada, flanqueada por dos torres que le conferían cierto aire medieval. La rodeaba un enorme muro de unos dos metros y medio. Entre el muro y la edificación se observaba un jardín inmenso, poblado por árboles que se erguían como espectros.

Yo no tenía ni idea de por dónde habíamos caminado hasta llegar allí, ni de cómo sería capaz de regresar si Clara se desintegraba en aquel instante.

Observé el lugar con atención. Realmente era sobrecogedor.

–Ven –me dijo, echando a andar hacia un lateral del muro.

Y antes de que yo protestara o dijera algo, Clara avanzó unos veinte pasos y llegó hasta un lugar en el que había unas cuantas piedras, formando un pequeño montículo.

–Por aquí podemos subir al muro.

Creí que no había oído bien.

–¿Para qué vamos a subir?

–Me dijiste que te gustaba el misterio.

Aquello era irrebatible. Yo mismo me había metido en la boca del lobo y ahora no podía o no sabía cómo echarme atrás.

Clara se me acercó hasta situarse a un palmo de mí.

–La casa debe de estar abandonada –añadió–. ¿No has visto el aspecto ruinoso?

–Es igual. Es una propiedad privada –protesté no muy convencido de mis propios argumentos.

–No sabía que fueras tan escrupuloso con las leyes. Pero, en fin, lo que tú quieras.

Y dando media vuelta empezó a andar sin preocuparse de mí. La vi alejarse hacia el camino, totalmente decidida.

–¿Adónde vas?

–A casa.

Me sentí como un verdadero idiota.

–Espera.

Clara se detuvo en el acto. Fui hasta ella y le hice dar la vuelta.

–¿Has entrado alguna vez? –pregunté.

–Nunca. He pasado por aquí algunas veces y siempre me ha llamado la atención este lugar.

Vacilé.

–Está bien. Vamos a entrar y a echar un vistazo.

Ella sonrió. Y sus ojos despidieron un destello que no supe descifrar. Sin decir nada más, se subió sobre el montón de piedras y con rapidez alcanzó la parte superior del muro; luego trepó por la rama de un árbol contiguo hasta el tronco. Desde allí me hizo un gesto para que la imitara. Repetí sus movimientos y en un periquete estaba junto a ella. De un pequeño salto, bajamos al suelo.

Estábamos rodeados por un bosque de árboles fantasmas que se erguían igual que centinelas de un cementerio abandonado. Al fondo, entre el ramaje de las copas, podíamos distinguir los contornos de la mansión, completamente a oscuras, como un enorme monstruo de piedra abatido por el paso del tiempo.

La sensación era pavorosa. Las raíces de muchos árboles habían destrozado el suelo y se retorcían sobre los troncos y sus alrededores como tentáculos en los que era fácil tropezar y caer. Miles de ramas desnudas se cruzaban ante nosotros, semejando brazos o manos que parecían querer atraparnos. Los arbustos y las malas hierbas crecían por todas partes y nuestros pies se hundían en la hojarasca.

Avanzábamos hipnotizados hacia el edificio. Pronto acertamos a distinguir la escalinata de mármol que se alzaba ante la fachada y que conducía a la puerta principal, un portón enorme y oscuro, tachonado de clavos. Nuestras pupilas, a aquellas alturas, se habían dilatado al máximo y, ayudadas por la luz de la luna, empezaban a distinguir siluetas y perfiles con bastante facilidad.

Clara dio un respingo y se aferró a mí.

Con los ojos me señaló hacia el pie de la escalinata. A un lado se distinguía el bulto de una persona, inmóvil y oscuro. A primera vista lo confundimos con un guardián, pero enseguida advertimos que se trataba de una estatua. Representaba una mujer vestida con capa, y era de mármol negro. Nos acercamos con precaución hasta situarnos junto a ella.

Clara se había quedado observando fijamente la cara de aquella estatua.

–Ese rostro…

–¿Qué ocurre?

Parecía que Clara acabara de sufrir un fuerte impacto emocional.

–Ese rostro lo he visto en alguna parte…

La actitud de Clara estaba consiguiendo asustarme y traté de calmarla.

–Vamos, Clara, es solo una estatua.

Ella me miró como si no me hubiera visto nunca.

–Una estatua negra –susurró con voz entrecortada–. Cualquiera diría que se trata de una alegoría de la muerte.

No tuvimos tiempo de seguir con nuestra conversación porque en aquel momento ocurrió algo inesperado. El portalón del jardín se abrió de repente y las luces de un vehículo alumbraron la arboleda por la que habíamos caminado unos minutos antes.

¿Quién diablos podía llegar a semejantes horas a un lugar tan siniestro?

–Rápido, por aquí –le dije a Clara, que continuaba todavía bajo los efectos de aquella extraña enajenación.

Tiré de ella y nos ocultamos detrás de unos arbustos que se alzaban junto a una fuente de piedra. El vehículo avanzó entre los árboles hasta llegar a situarse frente a la estatua negra y la escalinata que daba acceso a la mansión.

Era un furgón de color claro.

El conductor apagó las luces y el motor, y al instante bajó igual que una sombra. Aunque nos encontrábamos a cierta distancia, podíamos distinguir bastante bien la fisonomía de aquel individuo. Era ancho y corpulento, y caminaba balanceándose. Su cuerpo estaba un poco encorvado, como si la cabeza le pesara demasiado.

Dando un tirón, sacó un fardo alargado de la parte trasera del vehículo. Lo levantó sin aparente esfuerzo y con un movimiento rápido se lo llevó al hombro. Por último, cerró la portezuela del furgón de una patada y se dirigió con el bulto hasta un lateral del edificio.

Desde nuestra posición, todavía pudimos ver cómo abría una portezuela y se colaba en el interior de la casa.

–Mira –me dijo Clara con un susurro.

Seguí la dirección de su mirada y de su brazo, y vi que en una de las ventanas superiores de la mansión alguien había encendido una luz. No podía haber sido aquel tipo. No había tenido tiempo. Era evidente que arriba lo esperaba alguien.

Salimos de nuestro escondite y nos acercamos hasta el furgón. La luz de la luna era escasa, pero suficiente para apreciar que el vehículo era blanco y que en la parte delantera se distinguía el dibujo de una rosa negra.

Lo que acabábamos de presenciar había superado con creces todas nuestras expectativas y ya no podíamos hacer nada, sino desaparecer de allí antes de que aquel tipo volviera sobre sus pasos y nos descubriera.

Regresamos al árbol. Trepé como un gato y aguardé a que Clara me imitara. Pero ella se había quedado alelada, las pupilas clavadas en la mansión.

–Vamos, Clara. No podemos permanecer aquí. Ya sabemos que vive gente.

Ella no me hacía caso. Parecía hipnotizada.

–¿Se puede saber qué te pasa?

De pronto, Clara reaccionó. Subió al árbol y ambos alcanzamos el muro. Descendimos sobre el montón de piedras y echamos a caminar. Cuando hubimos salido al camino y dejado atrás la mansión, se detuvo y volvió los ojos hacia el edificio. La silueta de la mansión, semioculta tras los árboles, se recortaba contra la negrura estrellada.

–Juraría que he estado antes en este lugar… –dijo con voz firme.

–Me dijiste que jamás habías entrado.

–Sí. Jamás he entrado. Y sin embargo…, me resulta tan familiar…

Empezamos a desandar el camino. Pronto alcanzamos el Politécnico y, tras bordearlo, llegamos a los primeros edificios de la ciudad.

En todo el camino de regreso a casa no volvimos a cruzar palabra.

Capítulo cuarto

PASÉ el domingo en plan doméstico. Mi tía invitó a unas amigas a comer y se quedaron toda la tarde jugando al Monopoly. Yo estuve viendo una película en la tele de Jim Carrey, *El show de Truman,* y, cuando se terminó, decidí dar una vuelta por la ciudad. Regresé tan tarde que mi tía ya se había acostado.

Eran las doce y media pasadas cuando me metí en la cama.

Volví a recordar el aspecto siniestro de la mansión. A pesar de lo que habíamos presenciado, el edificio debía de haber sido abandonado bastante tiempo atrás. El aire de ruina que envolvía la construcción y el jardín no dejaban lugar a dudas. Más que un jardín, aquella vegetación recordaba un bosque o una selva no pisados por el ser humano. Nadie se había preocupado de podar o de limpiar el lugar en muchos años.

Evoqué la silueta del edificio, las dos torres que flanqueaban la pieza central, como las atalayas de una fortificación medieval, coronadas por pináculos. Las tres alturas de la casa, pobladas de ventanas con grandes balconadas. La cúspide de la mansión, una cúpula negra. La puerta principal, enorme y tachonada de clavos. Y el pensamiento se me fue hasta la portezuela por la que el tipo corpulento del furgón entró con el misterioso bulto.

Volví a pensar en la extraña actitud de Clara. ¿Qué era lo que realmente le había pasado?

De repente, me sentí observado. Presa de una repentina incomodidad, deslicé la mirada por las paredes de mi cuarto, la mesa, el ordenador, el armario, los pósters que había colgado días atrás… Todo ofrecía un aire de normalidad, y sin embargo no podía desprenderme de la impresión de sentirme escudriñado por unos ojos invisibles.

Inesperadamente, la cortina de la ventana se movió como empujada por una ráfaga de aire y pude ver un rostro negro en mitad de la oscuridad de la noche. Me puse de pie, aterrado.

Pensé en salir de la habitación, pero no podía moverme del sitio. El cuerpo no me obedecía. Mis pies estaban atrapados en una ciénaga de alquitrán. El rostro que me observaba parecía una máscara de muerte y sus ojos se habían clavado en mí lo mismo que dos cuchillos de frío. No podía apartar la vista de aquellas pupilas ciegas que me tenían hipnotizado.

No tardé en reconocer la figura de la estatua negra de la mansión, que había llegado hasta mi ventana, supuse que reptando por la pared.

¡Aquello era imposible!

Se coló por el hueco abierto con lentitud, como se mueven los depredadores que han elegido a su presa y avanzan sin prisa hacia ella.

Traté de gritar en vano. El silencio de la noche me devolvía el eco amortiguado de mi desesperación. Imposible moverme. Imposible gritar. Aquel rostro de mujer petrificada y ciega había conseguido paralizar mi voluntad. Me sentía como el ratón acorralado por la serpiente. Sabe que va a ser devorado, pero la fascinación no le permite huir.

La estatua seguía avanzando poco a poco por la habitación, como un reptil, a cuatro patas, y no tardaría nada en llegar hasta mí.

Cuando estuvo a mi altura, vi aterrado cómo sus pupilas amarillas, semejantes a las de los ofidios, me miraban desde la inmensidad de la muerte.

Justo en aquel momento me desperté.

Estaba solo, en mi cama, y el reloj del móvil sobre la mesilla marcaba las tres y media de la madrugada.

El lunes, Clara no apareció por clase. La llamé varias veces pero siempre tenía el teléfono apagado o fuera de cobertura. Le mandé unos cuantos wasaps con el mismo resultado. Nada. Era imposible contactar con ella.

Definitivamente, me sentía integrado en el instituto. Devolvía las bromas de mis compañeros y participaba de manera activa en todas las asignaturas.

Empecé a sentarme algunos pupitres más hacia delante, junto a un muchacho solitario y tímido que usaba gafas de aumento y andaba a todas horas con el pelo alborotado. Era un alumno muy aplicado, que destacaba en Matemáticas y en Física. Se llamaba Óscar Ripoll y jamás se le veía practicando juegos deportivos, a los que eran tan aficionados los demás chicos.

Ripoll y yo pronto hicimos buenas migas. Era muy inteligente y resolvía los problemas de lógica y las integrales con una rapidez pasmosa. Varios de los compañeros le tenían un poco de manía y lo llamaban Pitágoras en plan despectivo.

El martes, Clara tampoco hizo acto de presencia. En el recreo me tropecé con Julia en la puerta de la cantina. Iba con Soraya y con una chica de otra clase a la que no había visto nunca.

–¿Sabes algo de Clara?

Julia se alzó de hombros.

–Ni idea.

Sonreí bobamente, sin saber cómo continuar aquel conato de conversación. Las tres chicas me miraban con curiosidad y tampoco se atrevían a romper el estúpido silencio que se había interpuesto de pronto entre ellas y yo.

–Pues nada –dije iniciando la retirada–. Nos vemos en clase.

Me di la vuelta y oí risitas a mis espaldas. Avancé unos pasos para alejarme, pero una voz suave me detuvo.

–Sergio.

Me volví. Era Julia.

–Quería hablar contigo.

No pude evitar un gesto de extrañeza. ¿Qué podía querer aquella belleza de un tipo como yo?

Soraya y la otra chica se habían quedado un poco rezagadas y nos miraban a hurtadillas, sin ocultar las risas.

–El sábado es mi cumpleaños y he pensado que a lo mejor te apetece venir a la fiesta. Habrá gente de la clase.

Vaya. Aquello sí que constituía una verdadera sorpresa. Julia era una chica escultural, que tendría cientos de admiradores, chicos babeando por ella y dispuestos a hacerse el haraquiri por un simple mohín suyo. ¡Y me estaba invitando a su cumpleaños!

–Pues, claro –dije con una sonrisa–. Cuenta conmigo.

–Estupendo. Será una fiesta espectacular.

Nos quedamos callados unos segundos que me parecieron eternos.

–¿Y qué tal la ciudad? –me preguntó, cambiando súbitamente de tema–. ¿Qué te parece?

La verdad era que yo mismo me había hecho esa pregunta varias veces. Gracias a mis interminables vagabundeos de las últimas semanas conocía ya todos los rincones de la ciudad. Había descubierto dos zonas bien distintas. La parte nueva, cosmopolita, con edificios vanguardistas, rascacielos, tiendas elegantes, restaurantes de lujo, entidades bancarias, teatros, cines, galerías de arte. Allí se respiraba el ambiente de una ciudad moderna y futurista. Pero luego estaba la otra mitad: los barrios periféricos y suburbanos, donde abundaban las callejuelas inmundas y los edificios en mal estado, donde se hacinaban inmigrantes y familias azotadas por la miseria. En estas zonas daba pavor pasear de noche. Sus vericuetos formaban una espesura poblada por gente sin esperanza. Parecía increíble que dos realidades tan distintas cohabitaran una al lado de la otra con absoluta naturalidad. A veces, bastaba cruzar una calle para atravesar el umbral que separaba esos dos mundos irreconciliables.

–Es una ciudad misteriosa –afirmé.

–¿Misteriosa? –Julia rio divertida–. Hubiera esperado cualquier otro adjetivo antes que misteriosa.

–¿Qué habrías dicho tú?

–¿Yo? Pues no sé. Quizás seductora, bulliciosa, cálida, alegre... ¡Cualquier cosa menos misteriosa!

Pensé en Clara y en la mansión de la estatua negra, pero no tuve tiempo de añadir nada porque en aquel momento sonó el timbre que anunciaba el fin del recreo.

–Vaya. ¡Se acabó lo bueno! –se lamentó Julia, con evidente disgusto–. Ahora, a soportar al Cachas. ¡Menudo plasta!

El Cachas era el apodo que le habían endosado a don Valeriano, el profesor de Historia, un hombre enjuto y traslúcido, que andaba con el culo apretado, como si sufriera de estreñimiento crónico.

Subimos juntos las escaleras y entramos en clase. Antes de separarnos, Julia me recordó lo de su cumpleaños.

–El sábado, no lo olvides.

–Allí estaré.

El miércoles, Clara regresó al instituto y la encontré más pálida que de costumbre. No quise esperar al recreo para abordarla. Tan pronto acabó la primera clase me acerqué a ella y le pregunté dónde se había metido.

–He estado de médicos.

No me aclaró mucho más. Y tampoco tuvimos tiempo de continuar la conversación. Mary Poppins asomó por la puerta, con la cartera y el paraguas, y me fui a mi sitio, junto a Ripoll, que se dedicaba a dibujar con su rotulador negro de punta fina unos garabatos extraños en la libreta.

–¿Qué haces? –pregunté mientras le señalaba los garabatos negros.

–Estoy diseñando un helicóptero sin hélices.

Óscar Ripoll tenía vocación de sabio, de eso no había ninguna duda.

–¿Cómo vas a inventar un helicóptero sin hélices? Eso es imposible.

Ripoll me miró a través de sus gafas de aumento como se puede mirar a un insecto muy raro.

–Todos los grandes hombres de la historia han sido unos incomprendidos en su tiempo.

Me dejó sin argumentos. Sin embargo, no tuve tiempo de insistir porque Mary Poppins acababa de decir mi nombre y me conminaba a salir a la pizarra.

En el recreo volví a abordar a Clara. Estaba en el patio, sentada con otras amigas. Al verme, se levantó y salió a mi encuentro.

–No me has contado qué te ocurre. ¿Es algo importante? Como me has dicho que habías estado de médicos…

Ella trató de sonreír como siempre, pero advertí que sus ojos titilaban velados por una opaca tristeza.

–Prefiero no hablar de eso.

Me quedé callado. Clara debió de darse cuenta de mi perplejidad, porque enseguida dulcificó la voz.

–No es nada importante. De veras.

Durante unos instantes permanecimos en silencio, contemplando el bullicio que había en el patio.

–Tenemos que hablar –dije.

–Ya lo sé.

–Podríamos quedar esta tarde en algún sitio. ¿Hoy tienes conservatorio?

–De cinco a siete.

–Pues, si quieres, te espero a la salida.

Ella asintió con un ligero gesto de la cabeza.

–De acuerdo.

Capítulo quinto

El conservatorio abría sus puertas junto a las Torres de Cuarte. A las siete menos veinte ya estaba apostado en una esquina, frente a la entrada principal. Mientras esperaba a Clara, me dediqué a hojear un periódico gratuito de esos que regalan por la calle y que no llegan a las veinte páginas. En la sección de sucesos encontré una noticia que me llamó la atención. Unos inmigrantes habían denunciado la desaparición de un compañero en el barrio de Barona. La persona, de origen nigeriano, respondía a las iniciales de W. U., y en el momento de su desaparición vestía camisa blanca con pequeños cuadros rojos, pantalón negro y una gorra verde con visera. La policía no daba información y el periodista se limitaba a divagar sobre el incremento alarmante de la peligrosidad en determinadas zonas de la ciudad.

Clara asomó en aquellos momentos por la puerta y cerré el periódico.

–¿Qué tal? –pregunté por todo saludo.

–Schubert, bien. Debussy, mal.

Empezamos a caminar sin rumbo. Ella llevaba una pequeña cartera colgada en bandolera de la que asomaban algunas partituras. Yo, tan solo el periódico.

La ciudad mostraba una gran agitación. Paseamos por las calles peatonales del centro, de un lado a otro, como dos perros sin amo.

–He pensado en lo del otro día –dije de pronto.

–Y yo también.

–¿Por qué me llevaste a ese sitio?

Clara se apartó con suavidad un mechón de pelo de la cara. Suspiró.

–Yo había pasado alguna vez por allí, ya te lo comenté, porque me gusta pasear por la huerta que rodea la ciudad, y siempre me llamó la atención ese edificio. Debe de ser bastante antiguo, y no me negarás que tiene su morbo.

El recuerdo del furgón blanco, la estatua negra, el jardín salvaje y el extraño individuo con el fardo sospechoso me impedía pensar con claridad. Aquella casa y todo lo que la rodeaba tenían algo más que simple «morbo».

–Pues desde el viernes no hago más que pensar en lo que vimos.

–¿No querías misterio?

–Ya. Pero una cosa son las novelas y otra muy distinta la realidad. Además, lo que más me preocupa es tu reacción. Tenías que haberte visto.

Clara se puso seria al sacar aquel tema.

–¿Qué es lo que te ocurrió? Parecía que te habían hipnotizado. La verdad es que llegué a sentir un poco de miedo.

–No sé –dijo después de unos momentos–. ¿No te ha ocurrido nunca que llegas a un sitio por primera vez y piensas que ya has estado allí? ¿Cómo se llama eso?

–Ni idea. Y no me hace ninguna gracia.

–Pues yo no pude evitarlo. Tengo la impresión de haber vivido ahí en otra vida.

Nos quedamos callados un buen rato, mientras seguíamos caminando.

–Y, además, estoy segura de haber visto el rostro de esa estatua en alguna parte, Sergio.

–A lo mejor es la cara de una actriz o de una cantante famosa…

Clara me miró, escéptica, pero no me replicó nada. Supe que acababa de decir una tontería.

Desembocamos en una graciosa plazoleta, con un jardín central que tenía una fuente circular, bordeada de pequeños naranjos y setos de evónimos. Había bancos de piedra en las esquinas. Nos sentamos en uno de ellos. Frente a nosotros, el agua que brotaba por el surtidor emitía una musiquilla cristalina.

–Creo que en ese lugar ocurre algo extraño –afirmé convencido.

–Pues muy bien, señor misterio. Vamos a la policía, les decimos lo que hemos visto y aquí paz y después gloria.

–¿Lo dices en serio?

Clara me contempló con expresión incrédula.

–¿Por qué no?

Permanecí callado unos instantes, con la cabeza inclinada y los ojos clavados en el suelo. Las imágenes se repetían en mi cerebro, como una película rebobinada repetidamente, a veces hacia delante y a veces hacia atrás.

De súbito, levanté la cabeza.

–Pensemos con frialdad. A lo mejor la imaginación nos juega una mala pasada. Era de noche y estábamos muy asustados. A lo mejor el tipo del furgón blanco y el que encendió luces en la casa eran los dueños. A lo mejor lo que descargó aquel tipo eran herramientas o máquinas o cualquier otra cosa sin importancia.

Clara fue a protestar, pero finalmente optó por mantener la boca cerrada. Yo seguí con mis razonamientos.

–Si vamos ahora a la policía, ¿qué podemos contar? ¿Lo que hemos visto o lo que hemos imaginado? Con absoluta seguridad, no nos harán ni caso. La policía tiene demasiadas cosas de las que ocuparse.

Abrí el periódico y le mostré las páginas de sucesos.

–Si lees un poco, te darás cuenta de la cantidad de cosas que ocurren todos los días en todas partes. Mira esto.

Leí en voz alta la noticia del inmigrante desaparecido en el barrio de Barona.

–Ahí es donde vive Rebeca Miralles.

–¿Quién es esa?

–Una compañera del conservatorio.

Reanudamos el paseo. El cielo estaba azul, casi transparente, moteado por pequeñas nubecillas blancas que se agrupaban como en racimos. De vez en cuando surcaba el aire un grupo de palomas de las que poblaban la plaza de la Virgen y a las que alimentaban los transeúntes.

–Entonces, ¿qué sugieres? –preguntó Clara.

Yo había ido madurando una idea descabellada, una idea que iba tomando cuerpo en mi cerebro, a pesar del miedo que sentía. Yo no era un héroe, ni pretendía serlo. Tampoco quería protagonizar ninguna de las muchas novelas de misterio que leía. Los personajes de J. K. Rowling o de Stephen King vivían situaciones claustrofóbicas que me provocaban a veces un espanto insoportable.

Pero, al mismo tiempo, la visita a la mansión misteriosa había despertado en mí una atracción desconocida. Así como mucha gente hacía *puenting* y practicaba *rafting* o cosas similares para sentir el vértigo de las emociones fuertes, yo segregaba adrenalina pura caminando como un funámbulo por las cuerdas del peligro.

Por otro lado, si visitáramos la mansión a plena luz del día, tal vez se disiparan nuestros fantasmas.

Sí, me dije. Posiblemente no fuera lo más sensato, pero sin duda sí lo más excitante.

–Creo que lo mejor sería volver a visitar la mansión por la mañana, cuando el sol pega bien fuerte. Estoy convencido de que lo vamos a ver todo de otra manera.

Ella hizo una mueca ambigua.

–Está bien. Iremos el sábado por la mañana. Antes, imposible.

Ya no podía decir que me aburría en aquella ciudad. Los compromisos se me iban acumulando. El sábado, por lo pronto, tenía dos. Por la mañana, visitaría con Clara la mansión abandonada. Por la tarde, acudiría al cumpleaños de Julia. Si quería descargar adrenalina, había elegido el camino correcto.

–Estupendo –dije.

Mientras desayunaba el sábado, sonó el móvil.

Pulsé el botón verde y al instante oí su voz al otro lado de la línea.

–Me pillas con el tazón de leche –señalé por todo saludo–. Hemos quedado a las once, ¿no?

Clara tardó unos segundos en replicar y supe que algo no iba bien.

–De eso se trata –indicó con voz apesadumbrada–. He pasado una noche horrible. Me siento débil. Mi padre me obliga a que guarde reposo.

Aquello sí que no me lo esperaba. Estuve unos segundos sin saber qué decir.

–Lo lamento –añadió.

–No te preocupes –dije, intentando que no se me notara la decepción, y enseguida tiré del manual de tópicos para salir del paso–. Lo primero es lo primero. Pero necesito que me expliques cómo se llega hasta allí.

–Ve por la avenida de Aragón y busca el campus universitario del Politécnico. Bordéalo por la parte de la carretera de

Barcelona y saldrás a la huerta. Si así y todo te pierdes, busca la ermita de Vera. La mansión está cerca. La encontrarás enseguida.

–De acuerdo. ¿Nos vemos en el cumple de Julia?

–Trataré de ir, pero no te prometo nada.

Colgué y permanecí con el teléfono en la mano un rato, dándole vueltas al asunto. ¿Qué era lo que le pasaba a Clara? ¿Y por qué no me lo contaba de una vez por todas? La leche se me había enfriado, así que me levanté y puse el tazón en el microondas. Mi tía apareció por la cocina.

–¿Dónde vas tan temprano un sábado?

No tenía ganas de contarle mi vida a nadie. Ni siquiera a ella. Me inventé una cita sobre la marcha.

–He quedado con algunos compañeros del instituto para dar una vuelta.

–Estoy contenta, Sergio –dijo sonriente–. Te he visto tan apagado estas primeras semanas…

Me dejé abrazar como un niño el día de su cumpleaños. Pero no quería sentirme atrapado por la ternura, así que me escabullí de sus brazos enseguida, saqué el tazón del microondas y lo apuré de un trago.

–Me voy –dije mientras dejaba el tazón en la pila y me limpiaba la boca con un poco de agua–. Vendré al mediodía.

–Pásatelo bien.

Capítulo sexto

No me costó ningún esfuerzo repetir el trayecto. Bordeé con facilidad el Politécnico y salí a la huerta, que bullía de esplendor. Campos y más campos de hortalizas, acequias, alquerías. Pueblos en la distancia. Caminé guiándome por la intuición y enseguida di con el camino de la ermita, una carretera estrecha y asfaltada que serpenteaba entre verduras. A mis espaldas, iba quedando rezagada la ciudad.

No necesité preguntar ni llegar a la ermita. Enseguida divisé la fronda de los árboles y la silueta de la mansión al fondo.

Antes de llegar hasta la tapia, pude admirar desde el exterior la belleza devastada de lo que en otro tiempo debió de ser una mansión espléndida. La propiedad parecía realmente abandonada. El muro tenía un gran portalón, que era por donde entró el furgón blanco, y junto a él, en unos azulejos devorados por el paso del tiempo podía leerse La Rosa Negra.

El portalón estaba cerrado, como era de suponer. La finca sería del tamaño de un campo de fútbol y la tapia la cercaba por completo. La bordeé para buscar alguna manera de entrar más digna que la que Clara y yo habíamos empleado.

Por un lado, el muro daba a un sendero de hierba. Por la parte trasera y por la zona contraria, lindaba con campos y acequias.

Si quería entrar no tenía más remedio que volver a encaramarme sobre el montículo de piedras. Y eso hice. Procurando que nadie me descubriera, alcancé el árbol en un abrir y cerrar de ojos. Antes de bajar, observé la mansión. La luz de la mañana le otorgaba un aspecto tranquilo. Una vez me aseguré de que no había nadie en todo el recinto, di un salto y bajé al suelo.

Avancé entre los árboles que se erguían por todas partes, sobre la maraña de raíces, ramas, hojas caídas, troncos retorcidos. Vi la fuente de piedra tras la que nos habíamos ocultado. Me planté ante la escalinata. La estatua negra se alzaba sobre su pedestal. La contemplé con detenimiento. Había algo en aquella mujer de piedra que me inquietaba. Tal vez la expresión serena del rostro. Tal vez el escorzo de su cuerpo, ligeramente inclinado. Sus pupilas ciegas me miraban desde el otro lado de la muerte. La quietud de aquella estatua resultaba un tanto turbadora. Daba la impresión de que en cualquier momento iba a cobrar vida y a lanzarse sobre mí. Recordé mi sueño…

Hice algunas fotos con el móvil.

Levanté los ojos hacia la mansión. La escalinata de mármol tenía unos diez o doce peldaños y desembocaba en una terraza con balaustrada, en cuyo centro se alzaba la enorme puerta tachonada de clavos. Sobre ella, un escudo en el que rezaba una extraña palabra: Niemetschek. Y junto a ella, una rosa negra, como la que descubrí en la parte delantera del furgón blanco. Hice más fotos.

Varios balcones y ventanas decoraban la fachada de tres plantas. Los dos torreones laterales, coronados por pináculos negros, le daban un aire inequívoco de fortaleza militar.

Rodeé la casa por el lado de la portezuela donde Clara y yo vimos entrar al hombre del furgón. La empujé con cuidado y comprobé que estaba cerrada. Seguí bordeando el edificio. En la zona trasera descubrí otro terreno, más pequeño. En el centro había un sauce llorón y alrededor de él crecían cientos de flores negras. Eran rosas. Al pie del caserón, por aquella parte, se extendía otra gran terraza, circunvalada por una balaustrada de piedra.

Alcé los ojos. Examiné la mansión sin prisa, hasta convencerme de que allí no había nadie en aquel momento. El silencio era sepulcral.

¿Cómo sería por dentro?

Me pareció que uno de los balcones tenía la ventana entreabierta y que no me costaría ningún esfuerzo trepar hasta él. Si en algo destacaba era precisamente en Educación Física, así que eché mano de mis destrezas deportivas. Como si fuera un excelente alpinista, trepé por la pared y en un par de minutos alcancé el balcón.

Me asomé con cuidado y agucé el oído para tratar de captar cualquier rumor; no escuché nada, por lo que armándome de valor entré en la habitación. Era un cuarto normal, con armario, espejo, sillas y una cama.

Luchaban dentro de mí sentimientos contrapuestos. La sensatez me decía que todo aquello contravenía descaradamente la legalidad y que podía buscarme problemas gordos, si bien al mismo tiempo había algo en mi interior, una voz desconocida, que me animaba a seguir adelante. Debía de ser el morbo de estar transitando la senda de lo prohibido.

Crucé el cuarto y abrí la puerta con precaución. Ante mí se extendían un rellano enorme y un pasillo que debía de dar a las otras habitaciones.

De repente empecé a percibir un olor nauseabundo.

Me recordaba el de las carnicerías o los mataderos, lo que me hizo pensar que en algún lugar de la casa había un animal muerto descomponiéndose.

Caminé arrimado a la pared de la derecha. La mansión era enorme y sus muebles, oscuros. Me llamó la atención que no entrara luz natural por ninguna ventana. Era media mañana y lucía un sol espléndido en el exterior, y sin embargo en el interior de aquel edificio reinaba la oscuridad.

El olor a podredumbre resultaba insoportable.

En una pared pendía un cuadro de grandes dimensiones. En él posaban para la posteridad cuatro mujeres de distintas edades. Seguramente una madre y tres hijas. Dos de las hijas eran un poco más jóvenes que yo, pero la más pequeña no tendría más de dos o tres años. El parecido entre todas ellas era más que evidente.

Al pie del cuadro descansaba un mueble con dos enormes búcaros llenos de rosas negras recién cortadas, lo cual significaba que alguien habitaba la casa. La apariencia de ruina y abandono exterior era un puro espejismo. Quienquiera que fuese el que había depositado las flores en aquellos jarrones debía de haberlas cogido de las que crecían alrededor del sauce del jardín trasero.

Observé el rostro de la madre, una mujer hermosa, en plena madurez. El pelo ondulado, rubio, cayéndole sobre los hombros; los ojos verdes; el rostro ovalado, blanco, perfecto.

¿Era posible que hubiera visto yo aquel rostro en otra parte? Hice un esfuerzo mental, convencido de haber contemplado no hacía demasiado tiempo aquella cara. Pero ¿dónde?

De súbito recordé, y un escalofrío me recorrió la espalda.

¡Era el rostro de la estatua negra!

Hice un par de fotos con el móvil y seguí caminando con sigilo.

Justo en ese momento oí voces y me asusté. No podía permanecer allí. Las voces se oían cada vez más cerca y pronto me iban a descubrir. ¿Qué podría decir si me sorprendían? ¿Que era un vulgar ladronzuelo y había entrado a robar? Arrimé el oído a una de las puertas y no escuché nada al otro lado, así que, presa de la desesperación, tiré del picaporte y me colé en el interior.

Lo que vi me dejó atónito.

La habitación era enorme y carecía de muebles. Como el resto de la mansión, apenas le entraba algo de luz del exterior, por lo que estaba sumida en una tibia penumbra. En una pared había fotografías de personas. Se notaba que habían sido ampliadas hasta alcanzar el tamaño de una hoja de periódico. En algunos casos la ampliación había deteriorado bastante la calidad de la imagen. Al pie de cada foto podían leerse una inscripción y unas notas.

Presté atención por si escuchaba una conversación cercana, pero las voces habían desaparecido. Todo volvía a estar en silencio.

Leí al azar lo que ponía debajo de las imágenes: Abdou Khatibi, Brahim Ufkir, Naouar Qissi, Saidou Fagunwa…

Los conté. Eran siete hombres, todos de raza negra. Tomé fotos de ellos rápidamente.

No podía tentar tanto a la suerte. Ahora ya sabía con seguridad que la casa no estaba deshabitada y que alguien vivía en ella. Debía poner pies en polvorosa antes de que me echaran el guante y tuviera que dar explicaciones. Además, la intuición me decía que en todo aquel asunto había algo inquietante. Algo que me desazonaba mucho, pero que no alcanzaba a comprender.

Me acerqué hasta la puerta y apliqué el oído. Nada al otro lado. Abrí el picaporte con mucho sigilo, asomé la cara y, al comprobar que nadie circulaba por el pasillo, regresé al rellano principal. Justo en ese instante volví a oír voces abajo.

Se oían lejos, por lo que me quedé unos momentos escuchando. No hablaban español. Tampoco era inglés o francés. Me di cuenta de que se trataba de otro idioma, desconocido para mí, y que me resultó imposible de identificar.

Era una temeridad seguir allí. Antes o después iban a descubrirme, por lo que decidí desandar el camino para evitar que me sorprendieran.

Regresé con rapidez a la primera habitación y alcancé el balcón. Enseguida empecé a descolgarme por la pared, como una salamanquesa, hasta que llegué a la terraza trasera.

Con la precipitación, derribé un tiesto que descansaba sobre la balaustrada, que se cayó y se rompió en mil pedazos. El ruido fue atronador. Espantado, eché a correr, pero ya era tarde. Un desconocido se asomó desde una ventana y me descubrió.

Alcé la mirada y vi un rostro cadavérico. Sus ojos centelleaban inyectados en sangre.

–¡Borivoj! –gritó.

No podía perder el tiempo preocupándome por lo que sucedía a mis espaldas. Me habían descubierto, y si me cogían iba a tener problemas muy serios. Mientras corría, escuché varias veces aquel nombre incomprensible.

–¡Borivoj, Borivoj!

Llegué hasta el árbol y subí de un salto acrobático, pero con las prisas me golpeé con una rama en el rostro y estuve en un tris de sacarme un ojo. Lancé una exclamación de dolor.

–*¡Stále! ¡Stále!* –gritaba alguien que salía de la casa en aquel momento.

Para entonces ya había alcanzado el muro y me disponía a saltar sobre el montículo de piedras. Aterrado, vi que la cartera se me caía al suelo, a los pies del árbol, y se quedaba semioculta entre el follaje. No podía volver a bajar a por ella porque mi perseguidor seguía gritando y corriendo hacia donde yo me encontraba. Era el mismo hombre que llegó con el furgón. Una mole de carne de grandes proporciones. Tenía el rostro de un orangután, y los brazos le llegaban casi hasta el suelo, de tal manera que no sabría decir si caminaba sobre dos o sobre cuatro extremidades. Si semejante bestia me ponía las zarpas encima, podía considerarme hombre muerto.

–*¡Vysoké!* –rugió el simio, y advertí que su voz tampoco parecía humana. Aquel grito era un sonido prehistórico.

Salté al montón de piedras, sin hacer caso de sus gritos, y me torcí un tobillo al caer. Pero no podía seguir ni un segundo más allí, lamentando mi mala suerte. Eché a correr a pesar de la cojera, aguantando con lágrimas en los ojos el terrible dolor del tobillo y el escozor de la cara, y sin dejar de oír los gritos guturales de aquel horrible simio.

Salí al camino asfaltado, al mismo tiempo que el gorila abría el portalón de la tapia y me seguía gritando algo que ya no era capaz de escuchar.

Corrí y corrí, sin saber cómo podía correr con aquel dolor intenso, hasta llegar a la ciudad, y continué corriendo por las calles y las avenidas llenas de gente, y seguí corriendo hasta que llegué al portal de mi casa, y no paré de correr hasta que entré en mi piso y cerré la puerta con dos vueltas de llave, y me metí en mi cuarto, y también cerré la puerta de mi habitación con pestillo, y permanecí con la espalda pegada a la puerta, los huesos temblándome, el corazón a punto de salírseme por la garganta.

Lo peor de todo era la certeza de que acababa de cruzar la puerta del infierno.

Mi tía tarareaba una canción de Joan Manuel Serrat al tiempo que planchaba en el comedor. Al verme, se quedó con el estribillo congelado en la boca, dejó la plancha y se llevó asustada las manos a la cabeza.

–¿Qué te ha pasado?

–Me he caído.

Realizada la inspección previa de rigor y descartados traumatismos graves, fue volando al baño y regresó enseguida con el botiquín de primeros auxilios. Me limpió el pómulo con algodón y agua oxigenada y aplicó un poco de Betadine para que no se infectara la herida.

–A ver ese pie.

Me quitó el zapato y el calcetín sin prisa, con todo el mimo del mundo, y comprobó que tenía el tobillo un poco hinchado.

–Mal asunto. Creo que te has hecho un esguince. Vamos a probar con un poco de hielo, a ver qué pasa.

Se marchó a la cocina y volvió con una bolsa llena de cubitos de hielo. Me obligó a extender la pierna y colocar el pie derecho sobre una silla. Luego, lo cubrió con la bolsa de cubitos. Estaba tan fría que hice ademán de retirar la pierna.

–Aguanta.

No podía hacer otra cosa.

–Si dentro de media hora no se te ha bajado la inflamación, tendremos que ir al hospital a que te echen un vistazo. ¿Quieres ver la tele?

–No, gracias. Acércame el libro que estoy leyendo. Creo que está en mi mesilla.

Mi tía me trajo el libro, y aprovechó la ocasión para besuquearme y susurrarme, sonrisa incluida, que me quería. Yo le contesté que vale, que yo también, pero que me dejara solo. Le devolví una sonrisa de compromiso.

Traté de leer durante media hora, pero no fui capaz de pasar del primer párrafo. La mente se me iba una y otra vez a la extraña mansión La Rosa Negra.

Recordé que la cartera se me había caído entre el follaje del jardín y sentí un estremecimiento. A estas alturas tal vez el simio había dado con ella.

¿Qué diablos podía hacer ahora?

Capítulo séptimo

AFORTUNADAMENTE, el tobillo mejoró mucho más de lo que yo esperaba y no fue necesario acudir al hospital. La inflamación desapareció por completo, y después de la comida ya apoyaba el pie sin problemas. En cuanto a las heridas de la cara, solo eran rasguños superficiales. Un poco de maquillaje de mi tía obró el milagro.

Me presenté en casa de Julia con puntualidad inglesa. Eran las siete clavadas en mi reloj cuando pulsé el botón del interfono. Me abrieron sin preguntarme quién era.

Se trataba de un segundo piso bastante céntrico, en la calle de Colón, y el ambiente ya hervía de animación a mi llegada. Nada más verme, Julia se me echó encima y me llenó de besos.

–¡Qué alegría! No estaba segura de que fueras a venir.

–Te lo prometí.

Sonaba una canción de *rock* duro. Muchos de los invitados eran compañeros de clase, que me saludaron con muestras de afecto. A otros no los conocía; debían de ser amigos de la anfitriona.

Julia se olvidó de mí al instante y se puso a bailar en el espacio que habían improvisado en medio del comedor. Bastó con apartar la mesa para conseguir unos metros de pista. Allí se arracimaban chicos y chicas, con vasos en la mano que contenían líquidos de colores amarillos, naranjas, verdes… Debían de ser combinados exóticos. Sobre la mesa había botellas de refrescos y de alcohol, y un cubo de plástico con cubitos de hielo. En una esquina se amontonaban los vasos. La música era fuerte, agresiva, y mis compañeros de fiesta se movían al compás de los acordes como si sufrieran calambres epilépticos.

De vez en cuando llamaban al timbre y Julia dejaba de bailar para acudir personalmente a la puerta a recibir al recién llegado. Poco a poco iban surgiendo nuevos invitados, que aumentaban la algazara con risas y abrazos, y la casa empezaba a adquirir apariencia de manicomio.

Julia se acercó hasta mí, sonriéndome.

–¿No bebes?

–Luego –prometí, devolviéndole la sonrisa–. Primero tengo que ambientarme… Por cierto, toma, esto es para ti.

Había pasado por El Corte Inglés y le había comprado una pulsera de colores, que me costó doce euros.

–¡Qué bonita! –se la puso en la muñeca derecha y la hizo bailar con la mano en alto–. ¡Me gusta mucho!

–¿Y tus padres? No me digas que te han dejado la casa para que montes esta fiesta…

Pensé en mis padres. Era completamente imposible que alguna vez me permitieran organizar en su piso un sarao como aquel. No había duda de que la vivienda iba a quedar hecha un desastre y habría que limpiarla a fondo.

–Mis padres están separados. Vivo con mi madre, que se ha echado un novio, pero se han ido a la playa de Canet a pasar el fin de semana.

–Ya.

–Mi padre también vive con otra mujer y lo veo de vez en cuando. Es un gran tipo. Lo que sucede es que su pareja no me gusta nada de nada, una tía seca que no se ríe nunca y encima va de intelectual. No sé cómo mi padre se ha podido colgar de alguien así.

–Por lo que veo, lo llevas bien.

–¿El qué?

–Pues eso. La separación de tus padres.

Ella hizo un mohín gracioso y sacudió la larga cabellera.

Volví a pensar en mis padres. Siempre tan unidos. Estaban juntos desde los quince años y ambos presumían de que nunca habían tenido ni tendrían otra pareja. No me cabía la menor duda de que los matrimonios así constituían, cada vez más, una rareza.

–¿Quieres venir a bailar?

Parpadeé, asustado.

–No, no. Después –dije, sonriendo un tanto azorado–. Primero necesito situarme un poquillo. Tomaré lo que sea y luego ya veremos.

Julia se alzó de hombros, regresó a la pista de baile y se olvidó de mí. Me quedé solo, observando el ambiente. Alguien debía de haber subido el volumen de la música. Fui hasta la mesa donde descansaban las bebidas y me serví medio vaso de naranjada. Le puse dos cubitos, los agité mientras contemplaba a Julia danzando como una poseída, y me llevé la bebida a los labios. Junto a ella bailaba uno a quien llamábamos el Quincalla, porque lucía anillos, pendientes y cadenas por todo el cuerpo, en plan chatarrero. A pesar de su aspecto de pandillero, era hijo de un director de banco. Su nombre real era José Antonio Pérez, o López, o Gómez, o algo así.

El Quincalla perseguía a Julia como un perro faldero. Se notaba a un kilómetro que andaba loquito por ella.

Volví la cabeza y barrí la casa con la mirada. En una esquina divisé a Óscar Ripoll, sentado en un sofá, con cara de estar en otro planeta. Me acerqué hasta él y me senté a su lado.

–¿Qué pasa, Óscar?

–Estoy pensando.

El cerebro de Ripoll no descansaba ni en las fiestas de cumpleaños.

–¿En qué?

–Imagina que eres capaz de acelerar el proceso de germinación y maduración de un vegetal tanto como tú quieras.

No sabía qué decirle.

–Por ejemplo, yo planto una simiente de patata y, mediante un sistema químico de aceleración cromosómica, consigo manipular la composición genética de la planta. Resultado: a la semana estoy recogiendo la cosecha y friendo patatas. ¿Te das cuenta?

–¿De qué?

–De que podría resolver el problema del hambre en el Tercer Mundo. ¿Qué te parece?

No me cabía la menor duda. O mi compañero era un nuevo Pitágoras o un loco rematado.

–Me parece que tienes razón. Todos los sabios han sido unos incomprendidos en su tiempo. Por cierto, Óscar, ¿has visto a Clara?

–No.

De repente la música dejó de sonar y alguien apagó las luces. Soraya y otras dos amigas salieron de la cocina con una enorme tarta y varias velas encendidas, cuya luz chisporroteaba sin parar, entre los aplausos de la concurrencia.

Risas, felicitaciones, besos, abrazos. El Quincalla se echó encima de Julia y la abrazó con tanto ímpetu que pensamos que la iba a romper. Empezamos a entonar el *Cumpleaños feliz* y, al acabar, Julia, sin poder disimular los nervios, sopló sobre las velas unas cuantas veces, entre la rechifla general, hasta que consiguió apagarlas todas.

La música volvió a sonar, más alta que antes. Mis compañeros no paraban de llenarse los vasos, ni de reír y bromear entre ellos. Y otra vez el baile.

Yo me sentía un poco desorientado en medio de aquella vorágine. No me atrae demasiado la música *rock.* Menos aún la *heavy*. Siempre he preferido algo más tranquilo. Letras buenas y música no estridente. Baladas que puedas escuchar sin que tus tímpanos estallen. Pero al margen de la música trepidante, lo que me tenía la mente absorbida era otra cosa. No paraba de darle vueltas a lo que me había sucedido en la mansión misteriosa. Y, además, echaba de menos a Clara.

Julia llegó junto a mí, con dos vasos hasta arriba. Contenían un líquido azulado.

–Toma, te invito.

–¿Qué es?

–Sorpresa.

Hicimos chinchín y nos llevamos la bebida a la boca. ¡Dios mío! ¡En mi vida había probado algo tan horrible! Si me hubiera tragado un batido de cactus y vinagre, no me habría sabido peor.

–¡Puaj! ¿Qué es esto?

Julia soltó una carcajada.

–Lo llamamos tumbabarcos. Lleva de todo un poco.

Nos miramos en silencio. A ella le brillaban los ojos.

–¿Sabes que ya no te llaman «el nuevo»?

–Vaya. Vamos progresando. ¿Y cómo me llaman ahora?

La música era tan alta que teníamos que gritar para entendernos. Julia se me acercó hasta casi rozar mi oreja con sus labios. Pude oler el perfume de fresas que emanaba de su cabellera castaña.

–¿De veras quieres saberlo?

No estaba muy seguro de querer saberlo, pero cabeceé en sentido afirmativo varias veces.

Ella se tomó su tiempo antes de decírmelo.

–El Llanero Solitario.

No supe si reír o esbozar una mueca de resignación.

–Supongo que será mejor eso que lo otro.

Había empezado a sonar una balada lenta y algunos de los invitados se perdieron por los rincones. Dos o tres parejas bailaban agarradas en la pista. El Quincalla y otros dos compañeros de clase, Ballester y Navarro, reían sentados en el suelo. La risa floja que llegaba hasta mis oídos evidenciaba que los tres se habían pasado con el tumbabarcos. Óscar Ripoll seguía en su sillón, seguramente cavilando sobre el asunto de las patatas y el hambre en el Tercer Mundo. En otro sillón vi a Soraya medio adormilada.

–Ven. Quiero enseñarte algo –y sin esperar mi respuesta, Julia me tomó de la mano y me llevó por el pasillo hasta una habitación, que supuse sería la suya. Las paredes exhibían pósters de cantantes con melenas y guitarras eléctricas, y había mucho colorín por todas partes. Sobre la cama, descansaba un osito de peluche.

–Es mi habitación.

Julia apuró el tumbabarcos de un trago. Lanzó un hipido. Luego cogió el vaso que yo tenía en la mano y que apenas me había llevado a la boca y lo dejó sobre uno de los estantes, con tan poca fortuna que vertió un poco de líquido. Inesperadamente, se me acercó. Me enlazó con sus brazos y trató de besarme.

Me pilló tan de sorpresa que tardé unos segundos en reaccionar. La aparté suavemente.

–¡Julia! ¡Tranquila!

–¿Es que no te gusto?

La verdad era que Julia era impresionante y cualquier chico soñaría con estar cerca de ella. Pero yo no tenía el cuerpo ni la mente para expansiones amatorias. Y menos con alguien a quien casi no conocía. No era precisamente mi estilo.

–Sí que me gustas –dije, y enseguida me arrepentí de mis palabras–. Quiero decir… que eres una chica estupenda. Pero creo que algo me ha sentado mal y necesito ir al cuarto de baño ahora mismo.

–Vale. Te espero.

Me escabullí como pude y me encerré en el lavabo. La música seguía atronando por toda la casa con tanta violencia que estaba seguro de que iba a aparecer la policía en cualquier momento. Me refresqué un poco con agua fría y me contemplé en el espejo durante unos instantes. Los rasguños del pómulo apenas se notaban. Mi tía Adriana los había disimulado a la perfección. Bebí un poco de agua.

Salí del baño y retorné a la habitación de Julia, dispuesto a decirle que debíamos regresar al salón con los demás porque nos iban a echar de menos. Toqué con los nudillos, pero no obtuve respuesta, por lo que abrí con sigilo temiendo encontrarme a Julia en ropa interior… o sin ropa.

Lo que encontré fue algo mucho más enternecedor. Julia se había tendido sobre la cama y dormía profundamente, abrazada al osito de peluche.

Capítulo octavo

ABANDONÉ la casa cuando la fiesta se encontraba en su máximo apogeo. Ni siquiera me despedí de Óscar Ripoll. Había dejado a Julia durmiendo en su cuarto, y sin decir nada a nadie escurrí el bulto como una sombra furtiva. De todos modos, tampoco creo que nadie me echara en falta.

Necesitaba estar solo para pensar.

Uno: Mi cartera seguía en poder del orangután de cuyas garras había escapado de milagro.

Dos: ¿Qué ocurría en aquella mansión? ¿Quiénes eran los hombres de raza negra cuyas fotografías ampliadas cubrían la pared de una habitación? ¿Y para qué las habían colgado allí?

Tres: ¿Quiénes eran la mujer y las tres muchachas del cuadro?

Cuatro: ¿Qué relación existía entre la mujer del cuadro y la estatua? ¿Por qué ambas tenían el mismo rostro?

Cinco: ¿Qué significaba Niemetschek?

Seis: ¿Qué o quién era La Rosa Negra?

Siete: ¿De dónde provenía el olor a carne descomponiéndose que percibí?

Ocho: ¿Qué le ocurrió realmente a Clara cuando visitamos la mansión?

Nueve: ¿Qué podía hacer con mi compañera Julia?

Diez: ¿Qué rumbo iba a tomar mi vida a partir de ahora?

Me había quedado sin batería y no podía llamar a Clara para saber algo de ella. Y tampoco podía meterme en casa con tal galimatías en mi cabeza. Me apetecía verla, por lo que resolví acercarme hasta su piso.

Comencé a caminar, sin dejar de pensar en todo lo que me sucedía. Estaba seguro de que el simio o quien habitara en aquella inquietante mansión ya habría inspeccionado mi cartera y a estas alturas sabrían quién era yo y cómo me llamaba. Y con absoluta seguridad lo conocían todo sobre mí: dónde vivía, quiénes eran mis padres, en qué instituto estudiaba, cuál era mi comida favorita…

De repente, me asaltó la sospecha de que toda la gente conocía mis problemas y me miraba por la calle. ¿Y si alguien se me acercaba con intenciones hostiles? Asustado, volví la cabeza para cerciorarme de que nadie me seguía. Aparentemente, el mundo continuaba como siempre. La gente iba y venía, los coches circulaban y el aire traía un frescor otoñal bastante agradable.

Había llegado a la calle donde vivía Clara casi sin darme cuenta. Me quedé unos minutos apostado en la acera de enfrente, tratando de atisbar alguna figura o silueta a través del balcón entreabierto.

En ese momento una idea alumbró mi cerebro. ¿Y si el gorila no había visto la cartera caída sobre la hierba? A fin de cuentas, mi cartera era gris y no demasiado grande. Desde el árbol, la vi hundida en la hojarasca, un poco camuflada entre las hierbas. Recuerdo que dudé en saltar y cogerla antes de largarme, pero no lo hice. No sería fácil detectarla.

Sí. Tal vez el gorila no hubiera descubierto la cartera. Animado por esta posibilidad, empecé a concebir la idea de regresar a La Rosa Negra. Y mientras barajaba esta opción, las piernas comenzaron a temblarme.

Clara me dijo que vivía en el 1.º A. Me acerqué hasta el portal y pulsé el botón del piso. Nadie respondió, por lo que pulsé el del 1.º B. Una voz me preguntó quién era. Le expliqué lo que buscaba. Me dijeron que llamara al 1.º A y colgaron sin esperar a que les diera las gracias ni a que formulara una segunda pregunta. Pulsé otra vez el botón del 1.º A, sin éxito.

Allí no había nadie.

Me marché de allí con una extraña e indefinible sensación de vacío y caminé hacia mi casa sumido en mis pensamientos.

Cuando llegué a mi cuarto, enchufé el cable en el USB de mi ordenador y en un momento descargué las fotos del móvil. Seleccioné las que había tomado en la mansión misteriosa. Allí estaban todas: las de la estatua, las del cuadro, las de los hombres negros que una vez ampliadas ocupaban casi la pared entera de aquella extraña habitación sin muebles.

Observé con detenimiento las fotografías, una por una, ampliándolas y reduciéndolas.

La misteriosa mujer del cuadro aparentaba unos cuarenta años como mucho. Tal vez dos o tres menos. Era realmente hermosa y debía de ser una dama bastante distinguida, no solo por el vestido, sino por la forma de posar y la elegancia natural que desprendía. El pelo ondulado y rubio, el rostro ovalado y blanco, los ojos verdes, en cuyo brillo se adivinaba la serena quietud de una luz interior. La hija mayor y la segunda tendrían unos catorce y doce años, respectivamente. Se parecían entre sí: pelo largo y rubio, los ojos grises, una media sonrisa, tal vez producto de una natural candidez, el rostro delgado. La hija pequeña era la que guardaba un mayor parecido con la madre. Tenía, igual que ella, el pelo rubio, los ojos verdes, la piel blanquísima y el mismo óvalo de cara.

Confirmé de nuevo que el rostro de la madre era el mismo que el escultor había empleado como modelo para la estatua negra. De eso no me cabía la menor duda.

Pero lo que más me desconcertaba de todo era el rostro de aquella niña de dos o tres años que miraba fijamente a la cámara, sonriendo con timidez. Lo contemplé con atención durante unos instantes. Me recordaba a alguien, aunque no sabía a quién.

De pronto me fijé en un detalle. En el vértice inferior derecho del cuadro había un pequeño garabato. Debía de ser el nombre del pintor. Se leía muy mal. Amplié la imagen cuanto pude, pero la rúbrica era casi ilegible.

C. Bundia, C. Bunadia, C. Budinia, C. Buevela, C. Burilda…

Luego puse en la pantalla las imágenes de los siete hombres, cuyas fotografías ampliadas se exponían como si fueran carteles de delincuentes o de terroristas, los rostros asustados, el nombre a pie de foto: Abdou Khatibi, Brahim Ufkir, Naouar Qissi, Saidou Fagunwa, Wole Udodji, Messouda Jowda y Béchir Alassane. Todos tenían algo en común: el aspecto y el nombre africanos. Por sus rasgos, a pesar de la mala calidad de las fotos, debían de ser de países del África subsahariana: Nigeria, Camerún, Ghana… ¿Quién podía saberlo?

Pero una cosa era evidente. Todos ellos eran extranjeros, seguramente inmigrantes, tal vez sin documentos ni papeles. Y por la expresión de sus rostros, los siete parecían aterrados en el momento de haber sido fotografiados.

Capítulo noveno

A primera hora del lunes teníamos clase de Matemáticas. El profesor era un tipo de mediana estatura, algo gordito, pelo gris, amanerado, que hablaba despacio, como a cámara lenta, y encima repetía los mismos argumentos una y otra vez. Debía de pensar que los alumnos éramos tontos. Su nombre era José, pero todos lo llamábamos Pepinillo.

Después de Pepinillo, nos tocaba Educación Física. Eduardo era el único profesor al que llamábamos por el nombre de pila. Las chicas suspiraban por él. Era joven y atlético y siempre rezumaba buen humor. A los chavales nos trataba del mismo modo que si fuéramos colegas suyos. Hablaba nuestro lenguaje y gastaba las mismas bromas que nosotros.

La tercera clase era la de Mary Poppins, y la profesora se pasó el rato sin parar de hablar de verbos irregulares. En inglés, claro. Aquello era tan soporífero que estuve la hora entera dormitando, mientras Ripoll dibujaba extraños garabatos geométricos, flechas, números y símbolos incomprensibles en su libreta de sabio, ajeno al mundo circundante.

No perdí de vista a Clara en ningún momento. Estaba sentada, como siempre, al lado de Julia, en la parte delantera, y advertí, o creí advertir, que había recobrado la alegría que la caracterizaba. Al menos pude observar desde la distancia que bromeaba con las compañeras y en alguna ocasión me pareció, incluso, que su risa llegaba hasta mis oídos.

En el recreo la busqué por el patio. La vi en la cantina, pidiendo un bocadillo, y me hice una vez más el encontradizo.

–Hola.

Me sonrió con la cara iluminada, y pensé que todo iba bien.

–¿Qué tal tu vida?

–Bien, gracias.

Salimos al claustro y nos sentamos en el banco de piedra que lo rodeaba. Cientos de alumnos gritaban, reían y paseaban alrededor de nosotros, formando un bullicio de mil demonios.

–¿Y tú? Todavía no sé nada de tu visita solitaria a la «mansión encantada».

Me di cuenta de que subrayaba lo de «mansión encantada» y de que ponía cara de misterio mientras lo hacía.

–De eso precisamente quería hablar contigo. Fui a tu casa pero no había nadie.

–Hemos estado de hospitales.

–¿Ocurre algo?

–Nada importante.

Durante unos momentos, observamos el bullicio del patio.

–He perdido la cartera.

Clara frunció el entrecejo.

–¿La cartera? ¿Qué ha pasado?

Le conté mi visita a la mansión sin saltarme ningún detalle. Le hablé del patio trasero con el sauce y las miles de rosas negras que crecían alrededor. Le hablé también del interior de la casa, del cuadro con las cuatro mujeres y de la misteriosa habitación en penumbra en cuyas paredes alguien se había dedicado a colgar fotografías ampliadas de siete individuos, al parecer inmigrantes, todos ellos de origen africano. Y, por supuesto, le comenté lo de la persecución final y lo de la cartera caída sobre la hierba. También la puse al corriente del extraño nombre que figuraba en el escudo blasonado, Niemetschek, y, al oírlo, Clara se quedó como fascinada, repitiendo en voz baja aquella palabra. Su balbuceo tenía trazas de conjuro.

–¿Qué ocurre? –pregunté, intrigado.

–¿Dónde he oído yo ese nombre? –dijo hablando consigo misma.

–Lo más probable es que no hayan descubierto la cartera y que siga allí, camuflada entre las malas hierbas –afirmé, no muy convencido.

Sonó el timbre que anunciaba el fin del recreo y nos levantamos.

–En ese caso habrá que ir a comprobarlo –observó Clara con gesto de preocupación.

Yo suspiré.

–Me lo temía.

Clara salía a las siete y media del conservatorio. Fuimos andando hasta la plaza del Ayuntamiento, donde tomamos el bus, que nos dejó veinte minutos más tarde frente al Politécnico; lo bordeamos por la parte de la carretera de Barcelona y salimos a la zona trasera del campus.

–¿Sabes? –exclamó Clara mientras caminábamos–. Estos días he aprovechado para hablarle a mi padre de ti. A mi padre le gusta que le cuente cosas de la gente que conozco y de lo que me sucede todos los días.

–¿En serio?

–Y está deseando conocerte.

Tragué saliva.

–Me tomas el pelo.

Clara me miró con expresión divertida, pero enseguida se puso seria y yo supe con certeza que no estaba burlándose de mí.

–Es cierto. Me ha dicho que puedes venir a tomar un chocolate cuando quieras. Es mi especialidad.

Enfilamos por el camino de la ermita de Vera y al instante nos encontramos frente a la mansión. Por la parte del mar empezaba a oscurecer. Si no nos dábamos prisa, las sombras del anochecer se nos iban a echar encima y no habría forma de encontrar la cartera.

–Mira –señalé el portalón de entrada al jardín.

–La Rosa Negra –leyó.

Miré hacia el cielo y comprobé que apenas nos quedaban unos minutos de luz.

–Vamos o no encontraremos nada.

Nos deslizamos por el lateral de la tapia hasta el montículo de piedras, pero comprobamos desalentados que la pequeña elevación había desaparecido. Alguien se había molestado en retirar las piedras para evitar que los curiosos se encaramaran al muro y entraran en el interior de la propiedad, como nosotros días atrás.

–Es natural –dijo Clara–. Yo habría hecho lo mismo.

–Pues solo hay una forma de subir.

Me puse junto a la tapia y entrelacé mis manos, formando un estribo.

–¡Arriba, señorita!

Clara me contempló, estupefacta.

–No pretenderás que suba yo sola.

–Tú no tienes fuerza para aguantar mi peso. Y yo puedo vigilar que no llega nadie mientras coges la cartera. Se me cayó al pie de este árbol –señalé con la cabeza y los ojos hacia el árbol que se alzaba al otro lado de la tapia–. Es gris y no muy grande. ¡Vamos! ¡No tenemos tiempo!

Clara exclamó algo que no entendí, seguramente una maldición entre dientes, y puso el pie derecho sobre mis manos. Con las suyas llegaba hasta la parte superior de la tapia, pero necesitaba un impulso para encaramarse.

–Voy a empujarte. ¿Lista?

–Vale.

–Una, dos y… ¡tres!

Clara trepó como un gato hasta conseguir que todo su cuerpo alcanzara la cima del muro. Saltó a la rama del árbol y desapareció de mi vista. Me quedé con el corazón encogido, sin poder ver nada de lo que sucedía al otro lado de la tapia y aguantando a duras penas el nerviosismo.

Pensé que Clara tardaba una eternidad en dar señales de vida y que a lo mejor le había sucedido algo. Me maldije interiormente por haberla obligado a saltar la tapia. Si le ocurría alguna desgracia, solo yo sería el responsable.

Comenzaba a sentirme fatal, cuando vi asomar su cabeza.

–¡Hemos tenido suerte! –susurró, blandiendo la cartera en la mano derecha, a modo de trofeo.

Volvimos a repetir la operación, al revés, y en un santiamén Clara estaba de nuevo junto a mí, la cartera aferrada entre sus dedos. Quise cogerla, pero ella alzó el brazo para evitarlo.

–¡Alto ahí!

–¿Qué pasa?

–Me debes una. Y gorda. ¡Has puesto en peligro mi vida!

Nos miramos a la escasa luz del atardecer. Su rostro había adoptado una expresión traviesa.

–Está bien. Te invitaré a una Coca-Cola.

–De eso nada. Una Coca-Cola y una bolsa de patatas fritas.

Hice como si considerara económicamente su oferta.

–De acuerdo.

Clara me entregó la cartera y comprobé, aliviado, que permanecía intacta. Pero lo más importante, lo que me hizo respirar y recuperar la calma interior, fue saber que el orangután no la había localizado.

Bordeamos el muro, sin dejar de bromear, hasta que salimos al camino.

De súbito, una sombra surgió de entre los árboles que se erguían frente a la ermita.

–¡Un momento!

Clara y yo dimos un brinco. Un tipo cincuentón, ni alto ni bajo, ni gordo ni delgado, vestido con una gabardina gris nos enseñaba una placa policial con el semblante torcido.

–Horacio Boltaña, inspector de policía.

El estupor me había paralizado por completo. Y supuse que Clara estaría igual de asustada que yo. No fuimos capaces de preguntarle qué quería. Nos quedamos callados, la expresión alelada.

–Tenemos que hablar.

Mi corazón empezó a bombear con fuerza.

–Nosotros no hemos hecho nada –protestó Clara, visiblemente alterada.

–Eso lo veremos. Vamos. Aquí cerca hay un lugar donde podemos sentarnos.

Cinco minutos más tarde estábamos sentados en la terraza de un bar de mala muerte que languidecía en mitad de la huerta. El inspector Boltaña tenía un rostro corriente, pero había en su cara un sello original: la cicatriz en forma de rayo que surcaba su frente. Sus ojos eran oscuros y parecía un hombre bastante serio. No tardé en darme cuenta de que aquel tipo nunca sonreía. Tampoco daba la impresión de ser un gran conversador.

El camarero sirvió un café expreso para el policía y dos Coca-Colas para nosotros.

–En primer lugar, quiero saber cómo os llamáis y quiénes sois.

Miré a Clara, pidiendo permiso para hablar, y ella asintió en silencio.

–Mi nombre es Sergio Mora y ella es Clara Rovira. Ambos somos estudiantes de 4.º de ESO en el Instituto Ramón Sijé.

El inspector se quedó mirándome con una expresión inquisitiva que no hacía presagiar nada bueno. Me sentía escrutado igual que a un bicho raro en un laboratorio. Tardó tanto en hablar que llegué a pensar, incluso, que había enmudecido por el camino.

–Ya. ¿Y me puedes explicar qué hacíais saltando la tapia de esa casa?

–Hemos entrado, sí –admitió Clara–, pero no hemos cometido ningún delito.

El inspector volvió la cabeza y clavó su mirada en mi compañera. La observó durante casi un minuto, como si fuera un pintor que escudriñara un semblante sin prisa antes de comenzar a esbozarlo. Definitivamente, era un hombre lento.

–En primer lugar, habéis entrado en una propiedad privada. En segundo lugar, quiero que me digáis qué hacíais allí dentro.

Clara y yo intercambiamos una mirada rápida.

–Hemos tenido una pequeña discusión de pareja –inventó Clara con una agilidad mental asombrosa–, y yo le he tirado la cartera al otro lado de la tapia. Me había enfadado con él, porque es un auténtico cabezota y siempre quiere tener razón en todo. Al final, aunque le cuesta mucho reconocer sus errores, Sergio me ha pedido perdón y hemos hecho las paces. El resto ya se lo puede imaginar. He tenido que entrar para recuperar la cartera.

Me había quedado pasmado oyendo las mentiras de Clara. Las decía con tanta convicción que hasta yo mismo estaba a punto de creérmelas.

Boltaña se puso a liar un cigarrillo, a la manera en que lo hacían antiguamente los abuelos. Tardó más de un minuto en liarlo y encenderlo. Cuando echó la primera calada y expulsó el humo, volvió a hablar.

–¿Y pretendes que me crea esa patraña?

Creía que Clara se iba a venir abajo, pero me equivoqué. En vez de admitir que acababa de inventar una bola, se irguió con dignidad de reina ofendida.

–El que usted sea policía no le da derecho a llamarme embustera. ¡Exijo una disculpa ahora mismo!

El inspector ni siquiera se inmutó, camuflado detrás de la cortina de humo que envolvía su cabeza. Se quedó con cara de jugador de póquer, calibrando las palabras de mi compañera, hasta que por fin relajó los músculos de la cara, tensos como cables de acero hasta aquel momento, y esbozó una mueca ambigua.

–Está bien –dijo con desgana–. Podéis largaros. Pero no quiero volver a veros por aquí. ¿Está claro?

Clara y yo no esperamos a que repitiera la invitación. Desaparecimos de allí como dos gacelas perseguidas por una manada de lobos. En pocos minutos vagabundeábamos por un laberinto de callejuelas.

–Nos hemos librado de una buena –dije, retomando el asunto del inspector–. ¿Qué haría ese policía allí?

–No tengo ni idea, pero no creo que se haya creído la bola que le conté.

La noche había caído definitivamente sobre el mundo y miles de luces alumbraban con sus brillos de colores la ciudad.

Recordé la actuación de Clara y sonreí.

–Tenía que haberte grabado con el móvil para que te vieras. Parecías una actriz. Ya quisiera Catherine Zeta-Jones estar a tu altura. Estoy seguro de que el tío ese se lo ha tragado todo. ¡Si hasta yo mismo estaba a punto de creerme tus mentiras!

Clara adoptó una expresión misteriosa.

–Bueno, tal vez no todo fueran mentiras.

–¿Cómo? ¿Qué quieres decir?

–También le dije que eres un auténtico cabezota y que siempre quieres tener razón.

Fingí que me enfadaba.

–Gracias por los piropos, Zeta-Jones.

Capítulo décimo

De nuevo en mi habitación. Me tumbé en la cama y me puse a repasar los últimos acontecimientos. Tenía ante mí un verdadero jeroglífico: un cuadro y un pintor desconocido, siete fotos de inmigrantes negros con sus nombres respectivos, una mansión misteriosa, un furgón blanco con una rosa negra, un inspector de policía con una cicatriz en la frente…

Pero lo que seguía martirizándome era la sensación de que en aquella mansión ocurría algo siniestro.

Me asomé a la ventana. La noche envolvía la ciudad con su manto oscuro. Eran las doce y cuarto, y por la avenida circulaban los automóviles, como insectos nocturnos y luminosos. El sueño se me había evaporado. Al día siguiente me esperaba un examen de Inglés y apenas había tenido tiempo y ganas de repasarme los verbos irregulares.

Me imaginé a Mary Poppins amenazándome con su paraguas, a modo de espada: «Usted, señor Mora, no se sabe el pretérito del verbo *beseech,* ni el participio de pasado del verbo *steal,* y no voy a tener más remedio que darle una estocada. Es usted un alumno negligente. ¡Escriba en su cuaderno mil veces la lista de los verbos irregulares! ¡Sin omitir ninguno! ¡Si no lo hace, lo obligaré a caminar a gatas por el techo del aula!».

Mis descabelladas ocurrencias me hicieron sonreír interiormente.

Me senté ante el ordenador y abrí Google. Escribí «pintor C. Bunidia, C. Bulinda, C. Benida», sin resultado satisfactorio. Maldita sea. ¿Qué diablos ponía al pie del cuadro? ¿Por qué los pintores y los médicos escribían siempre con caligrafías ininteligibles? Volví a mirar la fotografía tomada con mi móvil y la amplié en la pantalla hasta el máximo. Juraría que allí ponía C. Buneda o algo parecido.

Repetí la operación con las fotos de los inmigrantes. Tecleé uno por uno sus nombres, mientras volvía a contemplar aquellos rostros aterrados, rostros de hombres desahuciados, con toda seguridad inmigrantes indocumentados que habrían venido a España en patera o saltando alambradas, buscando un pedazo de pan, creyendo que aquí se atan los perros con longanizas, y que probablemente no habían encontrado más que dolor, explotación, sufrimiento, incomprensión… Los rostros de aquellos desgraciados reflejaban alarma, como si detrás de la cámara que los había fotografiado se ocultara algo o alguien que les inspirase un temor irracional.

Hice diversos ejercicios de cuello, para relajar los músculos cervicales, y al volver la cabeza reparé en el periódico gratuito, que seguía allí, en mi cuarto, abandonado en uno de los estantes, entre los libros.

Fui a por él y regresé a la mesa. Lo abrí por la página de sucesos. Volví a leer la noticia del desaparecido en el barrio de Barona, donde vivía la compañera de Clara del conservatorio. Unos inmigrantes habían denunciado la desaparición de un compañero, de origen nigeriano, cuyo nombre respondía a las iniciales de W. U. En el momento de la desaparición vestía camisa blanca con cuadros rojos, pantalón negro y gorra verde. La policía no daba más información. La peligrosidad en ese barrio iba en aumento y no era el primer caso que se daba en los últimos meses…

Me quedé pensando unos instantes.

Volví a mirar las imágenes de los inmigrantes fotografiados en la mansión Niemetschek y me fijé en las iniciales de todos ellos: A. K., B. U., N. Q., S. F., W. U., M. J., B. A.

Uno de ellos me llamó la atención: W. U.

Desvié los ojos otra vez hacia las fotografías de aquellos individuos y observé con detenimiento a aquel cuyas iniciales coincidían: Wole Udodji.

Podía tener unos veinte años. Era de raza negra, nariz ancha, posiblemente de un país del centro de África. La ampliación había difuminado bastante la imagen, pero pude comprobar que la camisa que vestía parecía blanca con pequeños cuadros de color rojo o violeta, y que llevaba una gorra.

¿Podía ser una casualidad? ¿Y si se trataba del mismo individuo?

¿Cómo se llamaba la compañera de Clara que vivía en el barrio de Barona?

Entonces recordé: Rebeca Miralles.

El examen de Inglés no me salió del todo mal. Mary Poppins lo había preparado tipo test. Hice el recuento varias veces de los aciertos y errores, y calculé que había respondido bien a la mitad de las preguntas, más o menos. Si la profesora no era demasiado malvada al corregir, tal vez sacara un cinco raspado.

El resto de la mañana lo pasé dando tumbos por el instituto. En la hora de tutoría nos visitó una mujer del ayuntamiento o de servicios sociales, no me quedó muy claro, para hablarnos sobre cuestiones relacionadas con la educación sexual. Mientras hablaba, nosotros no hacíamos más que decir tonterías, reír y bromear, hasta tal punto que tuvo que venir el jefe de estudios y amenazarnos con que nos iba a meter un paquete a la clase entera.

Al mediodía, cuando terminó la jornada, y como ya iba siendo habitual, acompañé a Clara hasta su casa.

–Supongo que esta tarde vas al conservatorio.

–Sí. Salgo a las siete.

–Es que he pensado en hablar con esa compañera tuya, Rebeca, la que vive en el barrio de Barona. Podrías presentármela.

Clara frunció el entrecejo.

–¿Y para qué quieres hablar con Rebeca?

Todo lo que yo tenía en la mente eran conjeturas. Nada más. De cualquier modo la curiosidad debe de ser un bichejo muy malo, porque después de haber entrado en la mansión, no hacía más que roerme y roerme, y ya no podía dejar de pensar en aquella historia.

–Es sobre el asunto del periódico que te comenté. Lo del inmigrante desaparecido en su barrio. Tal vez esté relacionado con La Rosa Negra. Es solo una corazonada.

–¿Y qué tiene que ver Rebeca con todo eso?

–Nada, evidentemente. Pero me gustaría hacerle algunas preguntas sobre su barrio.

Clara no parecía convencida de mis argumentos.

–No lo veo claro.

–Ya te lo he dicho –insistí–. Es bastante probable que el desaparecido de la prensa sea uno de los tipos retratados y expuestos en la pared de esa habitación tan extraña.

Clara permaneció unos momentos callada, rumiando mis palabras.

–Desde luego, no me mentiste.

–¿En qué?

–En que a ti lo que te va es el misterio.

Sonreí. Y ella sonrió. Habíamos llegado a la puerta de su casa. Alzamos los ojos y vimos a su padre, tras la cortina de la ventana del balcón, el semblante serio y la mirada lejana. Clara hizo un movimiento con la mano y su padre apenas movió el rostro para dar a entender que devolvía el saludo.

–¿Es cierto lo del chocolate? –pregunté, cambiando de tema.

Ella me guiñó un ojo.

–Mi padre me enseñó a preparar el mejor chocolate del mundo.

Hice como que dudaba de sus palabras, pero en el fondo no deseaba otra cosa que probar aquella golosina.

–Y me dijiste que me ibas a invitar…

–No. Yo no. Fue mi padre el que quería invitarte.

Aquello sonaba a cuento chino.

–Pues dile a tu padre que por mí encantado.

–Estupendo. Le diré que vas a venir el sábado por la tarde.

Clara abrió el portal con la llave. Iba a meterse para dentro, cuando caí en la cuenta de que no habíamos llegado a ningún acuerdo sobre lo de Rebeca.

–Oye, entonces, ¿qué hacemos esta tarde?

–¿Esta tarde?

–Sí. Quiero darme una vuelta por Barona. ¿Vas a presentarme a Rebeca?

Clara seguía con el pomo de la puerta aferrado entre sus manos. Una vecina ya entrada en años, vestida con batín rosa y zapatillas de paño, llegó con el carrito de la compra. Los dos nos apartamos educadamente. Clara le mantuvo la puerta abierta para que pasara con su carrito, mientras le sonreía, como si fuera una azafata de Iberia o una recepcionista de NH, pero la vecina no se molestó en devolver la sonrisa, ni en saludar, ni en dar las gracias.

–¡Para que luego digan que los jóvenes están salvajes! –exclamó Clara, visiblemente irritada.

–¿Qué dices?

–¡Que los adultos están peor que los jóvenes…!

–Que qué dices de esta tarde.

Clara recuperó su natural temple.

–Que vale. Vente al conservatorio a las siete. Rebeca estará por allí.

Me encontraba solo en casa, repasando las tareas del instituto. Me resultaba difícil concentrarme, porque la mente se me iba una y otra vez al asunto de la mansión misteriosa.

Tenía a mi disposición demasiados datos dispersos, inconexos. Era como si alguien se hubiera dedicado a desmontar un puzle y yo fuera encontrando las piezas sueltas, sin orden ni concierto.

De pronto me entró un wasap. «Hola, estoy frente a tu piso. Baja y hablaremos. Julia».

Extrañado, me asomé por la ventana y la vi. Julia Latorre me esperaba sentada en un banco del bulevar.

No habíamos vuelto a hablar desde el día de su cumpleaños. Imposible olvidar lo que ocurrió en su casa. Recordé a Julia moviendo su cuerpo escultural y su larga cabellera, que le llegaba hasta la cintura, al compás de la música con movimientos eléctricos. Y recordé también lo que había sucedido en su habitación.

Sentí que una oleada de fuego me subía por el esófago y me quemaba por dentro.

¿De qué querría hablar Julia Latorre conmigo? ¿Y cómo sabía dónde vivía?

Le devolví el wasap. «De acuerdo. Bajo ahora mismo».

Cinco minutos más tarde pisaba la calle. Julia jugueteaba con el móvil. Al verme llegar, lo guardó y salió a mi encuentro con una sonrisa.

–¡Hola! –dije.

–¡El Llanero Solitario! –saludó ella.

No hice caso de la broma. Nos dimos dos besos rápidos en la mejilla.

–¿Cómo sabes que vivo aquí?

–Me lo ha dicho un pajarito con pinta de sabio despistado –replicó ella en tono irónico–. Creo que se llama Pitágoras o algo parecido…

–Me tienes intrigado.

Julia se puso seria y desvió, con cierto pudor, sus ojos grises.

–¿Quieres que tomemos algo en algún sitio?

Fingí asustarme.

–No, por favor. Más tumbabarcos, no.

Julia no pudo evitar una sonrisa, pero no replicó nada.

–Podemos sentarnos aquí –dije, señalando el banco donde ella había estado unos minutos antes–. Estos árboles dan buena sombra.

Tomamos asiento y durante unos momentos nos quedamos en silencio, hasta que Julia, de repente, soltó a bocajarro lo que llevaba preparado.

–El Quincalla quiere romperte los huesos.

Creí que no había oído bien.

–Dice que eres un tipo raro y que no le gustas nada.

La verdad era que a mí tampoco me gustaba el Quincalla.

–¿Y por qué quiere romperme los huesos ese tipo?

–Porque piensa que tú y yo estamos liados.

Fue como si me hubiera picado un bicho. Me puse de pie y contemplé a Julia con expresión de perplejidad. ¡No podía creer que hablara en serio!

–¿Hay alguna cámara oculta?

Julia se levantó también y comenzamos a pasear por el bulevar, a la sombra de los árboles que poblaban la avenida. Muchos eran tan viejos y grandes que sus raíces formaban un entramado espectacular.

–No hay ninguna cámara oculta.

–¿Entonces? No entiendo nada.

–Es posible que la culpa sea mía –admitió Julia un tanto compungida–. El Quincalla quiere rollo conmigo y yo no puedo ni verlo. Le dije de broma que tú y yo estábamos saliendo juntos, para ver si me lo quitaba de encima, y en vez de dejarme en paz el tío ha asegurado que te va a machacar. Lo siento.

La miré sin poder disimular el estupor.

–¡No puedo creer lo que oigo! ¡Me has usado como repelente antimoscones!

–Querrás decir antimosquitos.

–No. Antimoscones. Porque el Quincalla es un moscón verde.

Julia parecía verdaderamente arrepentida. O al menos fingía muy bien el posible arrepentimiento.

–¡Lo dije sin pensar! El Quincalla sabe de sobra que no me voy a liar con ninguno de la clase. Son todos unos zánganos. En cambio, tú eres «el nuevo». Y ¿por qué no? A fin de cuentas, tampoco sería tan extraño. No pensé que ese imbécil se lo tomara a mal.

Volví a sentarme en el primer banco que pillé. Ella se quedó de pie, contemplándome abatida. Cuando alcé los ojos, pude apreciar el gesto de desánimo que la embargaba. Sí. Estaba seguro de que Julia Latorre hablaba en serio.

–Está bien –manifesté levantándome y dándole unos golpecitos amistosos en la espalda–. No te preocupes. Sobreviviré.

La desolación inicial de Julia se transformó en súplica.

–¿Cómo? ¡El Quincalla es un salvaje!

–No creo que la sangre llegue al río.

Reanudamos el paseo y comenzamos a conversar sobre el instituto. Intercambiamos opiniones acerca de los profesores y las asignaturas y recordamos anécdotas compartidas en la clase. Por unos momentos, parecía que nos habíamos olvidado del

Quincalla. Sin darnos cuenta, desviamos la conversación hacia los asuntos familiares. Le hablé de mi vida antes de llegar a la ciudad y de lo difícil que resultaba integrarse en un ambiente tan distinto.

–Cambiar de una ciudad del interior a una de la costa es como cambiar de planeta –dije, convencido–. Todo es nuevo, y las costumbres, completamente diferentes. Aquí las cosas funcionan de otra manera. Da la sensación de que el tiempo corre más deprisa. Nadie conoce a nadie. Lo que mejor define a una ciudad así es el anonimato y la velocidad: para respirar, para soñar, para dormir…

Julia me habló también de su familia. Al principio había sufrido con la separación de sus padres, pero estaba empezando a superarlo. Sobre todo al comprobar que tanto su madre como su padre comenzaban a rehacer sus vidas y se llevaban bien entre ellos.

–Tengo que reconocer que no ha habido malos rollos ni nada de eso.

De pronto Julia se quedó unos instantes callada, meditando.

–Oye, cambiando de tema. Mañana se inaugura una exposición de un amigo de la familia en la Galería Rímini. ¿Te gustaría venir?

Parpadeé.

–¿Una exposición? ¿De qué?

Julia soltó una breve carcajada.

–¿De qué va a ser? ¡De pintura!

Me pilló tan por sorpresa que no supe qué replicar.

–Bueno, si no te apetece no pasa nada…

–No sé. Es que nunca he ido a un sitio de esos.

–Ya. Lo que pasa es que no suele asistir casi nadie a las inauguraciones. Y mi madre me ha pedido que invite a toda la gente que pueda. A ver si se llena la sala…

Lancé una carcajada.

–Es igual, déjalo –dijo Julia, pensando que me ponía en un compromiso.

–No, no –la atajé, adoptando un aire serio–. Te agradezco que me hayas invitado, de veras. Y, además, llevaré a mi tía. Seguro que le encanta todo eso.

–¡Genial!

Nos dimos un par de besos antes de despedirnos.

–Te mandaré un wasap con la dirección y la hora.

–De acuerdo.

Echó a andar, segura de sí misma, moviendo la larga cabellera castaña al compás de los movimientos de su cintura. Tuve que admitir que Julia Latorre era una muchacha físicamente espectacular. Me quedé mirándola, y cuando ya había dado cuatro pasos alejándose de mí, se volvió. Yo seguía parado, sin poder dejar de contemplar aquel cuerpo maravilloso.

–¡Y ten cuidado con el Quincalla!

Capítulo undécimo

A las siete y cinco minutos, Clara y Rebeca asomaron por la puerta del conservatorio. Rebeca era una muchacha morena, con gafas, y llevaba *braquets* en los dientes.

Clara hizo las presentaciones.

–He salido un momento porque me ha dicho Clara que querías preguntarme algo. Tengo clase de oboe y he de volver ya mismo.

No disponía de tiempo para andarme con rodeos, pero tampoco podía contarle a Rebeca las incursiones en La Rosa Negra.

–Tengo que escribir una crónica sobre una noticia de actualidad relacionada con la inmigración, para un taller de escritura creativa al que asisto. Y el otro día leí una noticia en la prensa que hablaba de tu barrio…

–Seguro que nada bueno.

–Pues nada bueno –corroboré–. Decía que unos inmigrantes habían denunciado la desaparición de un compatriota. Un hombre llamado W. U. Negro, nariz ancha…

Rebeca soltó un bufido.

–Uf, hay muchos así en mi barrio. Y chinos, y árabes, y rumanos, y ecuatorianos… En estos últimos años, aquello se ha convertido en una torre de Babel. Los extranjeros aparecen y desaparecen como por arte de magia. De repente se cambian de barrio o se van a otro lugar… Es un flujo imposible de controlar.

–Quería seguir la pista de ese desaparecido para mi crónica –insistí con poca convicción.

–Pues lo tienes crudo.

–De todos modos –intervino Clara–, los inmigrantes y los grupos desfavorecidos se concentran por etnias o por similitudes de intereses. Dios los cría y ellos se juntan. Podríamos empezar por descartar. Por ejemplo, no asiáticos, no gitanos, no sudamericanos, no gente del Este… Además, sospechamos que el nombre del desaparecido es Wole Udodji. Y dadas sus características físicas y la composición del nombre, se podría acotar más. Yo voto por un país del África subsahariana.

–¿Por ejemplo? –preguntó Rebeca.

–Camerún, Ghana, Nigeria…

Rebeca nos miraba alternativamente a uno y a otro, sin comprender del todo de qué iba la película.

–De todos modos, tampoco puedo contaros mucho más…

–Bastará con que nos digas en qué zona de tu barrio se reúnen los africanos –Clara la miró con la mejor de sus sonrisas.

Rebeca dudó.

–No sé… Hay un bar, el Mochales, donde se juntan muchos. De esos que van vendiendo gafas y relojes. A saber de dónde son…

En aquellos instantes se asomó una compañera por la puerta y le recordó a Rebeca que el profesor estaba esperándola.

–¡Me tengo que ir!

Rebeca desapareció de nuestra vista, engullida por el aire.

–A ver si lo adivino –me espetó Clara en cuanto nos quedamos solos–. Te vas a ir a dar una vuelta por Barona, ¿a que no me equivoco?

–¿Me voy? ¿En singular? ¿Es que no piensas acompañarme?

Clara me contempló con aire preocupado. Luego alzó los ojos al cielo, como si pretendiera desvelar algún secreto oculto entre las nubes, y finalmente bajó la mirada hasta posarla de nuevo en mí.

–¿Sabes dónde nos estamos metiendo?

Quise sonreír, pero me salió una mueca.

–No tengo ni idea.

Clara lanzó un suspiro antes de hablar.

–Te acompaño, pero con una condición: a las diez tengo que estar en casa.

–Prometido.

Barona era desde siempre uno de los barrios más degradados de la ciudad, y pude comprobarlo cuando pisé sus calles por primera vez. Según me contaba Clara, aquel había sido un pueblo independiente hacía mucho tiempo, con su propio ayuntamiento, pero del antiguo esplendor solo quedaban unas cuantas calles venidas a menos, aprisionadas y aplastadas por la barbarie urbanística incontrolada de los últimos años del franquismo y los primeros de la transición. Aquel barrio emergente fue concebido para dar cobijo a miles de trabajadores de otras partes de España, que se hacinaron allí. Empleos precarios, malas condiciones de vida, sin colegios… La zona pronto degeneró en una especie de barrio sin ley donde todo era posible. En los últimos tiempos había sido tomado por inmigrantes de diversas razas, arracimados como ratas en pisos destartalados, compartiendo miseria y desolación.

Clara y yo habíamos empezado a callejear por aquel escenario pintoresco en el que se amalgamaban personajes variopintos y comercios heterogéneos: kebabs turcos, restaurantes chinos, fruterías pakistaníes, carnicerías árabes, vendedores ambulantes…

Mientras caminábamos, veíamos grupos de inmigrantes que nos observaban con mal disimulada curiosidad.

–¿No sería mejor averiguar dónde está el Mochales? –preguntó Clara, que comenzaba a dar muestras de impaciencia.

Preguntamos a un grupo de africanos por el asunto del hombre desaparecido un par de semanas atrás. Nos miraron como si fuéramos marcianos y nos dijeron que no sin abrir la boca. Luego, les preguntamos por la ubicación del bar Mochales y uno de ellos señaló con el brazo.

El bar Mochales estaba cerrado. Por fortuna, se veían grupos de inmigrantes negros por los alrededores.

Repetimos la pregunta a unos y a otros con idéntico resultado. Al parecer, nadie sabía nada o nadie quería saber nada. El mero hecho de acercarnos con nuestras pintas de niños pijos a un grupo de chicos negros que ni siquiera hablaban español, nos granjeaba de inmediato un rechazo más que evidente.

–Será mejor que nos larguemos –dije ya un poco cansado de hacer el tonto–. Esta gente no piensa decirnos nada. A lo mejor creen que somos policías.

–Ya. Dos policías de quince años. Tenemos una pinta de maderos que no veas…

–Pues ya me dirás.

Habíamos doblado un par de esquinas y estábamos a punto de abandonar aquel laberinto de callejuelas inmundas, cuando nos dimos cuenta de que alguien nos seguía a cierta distancia. Me di la vuelta con disimulo y vi a un chico de raza negra que venía detrás de nosotros tratando de disimular torpemente su persecución. Empezamos a caminar muy despacio, dando vueltas en espiral, para cerciorarnos de que, en efecto, nos seguía. Cuando estuvimos seguros, nos apoyamos en un portal y esperamos su reacción.

El chico se había parapetado detrás de un coche, igual que un espía. Me levanté y me dirigí hacia él, dispuesto a poner fin a aquel estúpido juego. Si quería algo de nosotros, pronto lo sabríamos.

Lo vi dudar, pero antes de que se largara dejándome en ascuas, me planté ante él.

–¿Por qué nos sigues?

No sobrepasaría los veintidós o veintitrés años. Alto y delgado. Tenía el pelo rizado, corto, la piel negra como el alquitrán, y los ojos brillaban en su cara como los de un gato asustado.

Se había quedado mirándome con una mezcla de temor y ansiedad.

–¿Quién eres? –insistí, tratando de darle a mi voz un tono cordial–. ¿Qué quieres de nosotros?

El espanto apenas lo dejaba hablar.

–Vosotros preguntáis desaparecido –tartamudeó en un español casi imposible de entender.

Clara se había acercado hasta nosotros.

–Preguntamos por un hombre de tu raza, que desapareció hace unas semanas. Creo que se llamaba Wole Udodji. ¿Lo conoces?

Nuestro perseguidor cabeceó afirmativamente antes de responder.

–Es mi hermano.

Clara y yo intercambiamos una expresión de sorpresa. Aquello era tener suerte a la primera.

–Mi nombre es Sergio y ella es Clara. Estamos investigando lo que le pasó a tu hermano y tal vez a otros como él. ¿Cómo te llamas?

–Tunde.

–¿Te apetece tomar algo con nosotros? Nos gustaría hablar contigo un poco.

Los ojos de aquel chico emitieron destellos de vacilación, pero el deseo de obtener información acerca de su hermano le hizo abandonar enseguida todo vestigio de timidez o de desconfianza. Sonrió levemente sin abrir la boca y volvió a afirmar con una cabezada.

Nos metimos en el primer bar que pillamos a mano, un antro inmundo que olía a alcantarilla. Pedimos tres Coca-Colas y un paquete de patatas fritas.

Tunde nos miraba con recelo.

–¿Qué le pasó a tu hermano? –pregunté.

–Mi hermano desaparecido tres semanas. Noche viernes no volver casa. Pero no único. Dos meses otro amigo también desaparecido.

–¿De dónde sois?

–Nigeria.

–¿Y el otro desaparecido? ¿De dónde es? ¿También de Nigeria?

–No. Otro amigo Burkina Faso.

–¿Sabes cómo se llamaba?

–Saidou.

Saqué la hoja de la libreta donde había anotado los nombres de los siete inmigrantes fotografiados en la mansión La Rosa Negra.

¡Uno de la lista se llamaba Saidou!

–¿No sabes el apellido?

Tunde negó con la cabeza. Para entonces ya se había comido él solo todas las patatas fritas de la bolsa y bebido la Coca-Cola.

–¿Quieres un bocadillo? –preguntó Clara–. Te invitamos.

Tunde se quedó unos momentos sin decir nada, como si no comprendiera. Evitaba mirar directamente a los ojos. A mí me pareció que la vida le había golpeado con dureza y desconfiaba de todo el mundo.

–Bocadillo –repitió Clara–. ¿Quieres?

Tunde volvió a cabecear en sentido afirmativo.

–¿De qué lo quieres?

–Queso.

Pedimos un bocadillo de queso y otra Coca-Cola para Tunde.

–¿Qué ocurrió la noche que tu hermano desapareció? –pregunté retomando el tema.

–Era lluvia –dijo Tunde con dificultad–. Wole salir casa y no volver. Mismo pasar Saidou antes. Gente miedo.

El camarero puso sobre la mesa el bocadillo de queso. Le había añadido un poco de tomate en rodajas. Tunde dio un bocado y masticó con hambre.

–Hay raro. Gente miedo –repitió–. Mucho miedo.

–¿Cuánto tiempo lleváis en España?

Tunde no necesitó pensar para responder.

–Dos años, cinco meses.

El bar estaba vacío. El camarero, que debía de ser el dueño, era un tipo oriental, posiblemente chino, que hacía un crucigrama sin prestarnos atención. Su mujer y sus hijos, dos chiquillos que no tendrían más de cuatro o cinco años, andaban por el bar, arriba y abajo, parloteando entre ellos en un idioma incomprensible.

–Cuéntanos cómo llegasteis a España.

El bocadillo de queso y tomate había desaparecido en un abrir y cerrar de ojos. Tunde echó un trago de Coca-Cola y se limpió la boca con la mano.

–Yo veintidós años. Wole diecinueve. Venir cayuco con otros. En España, nosotros vender ilegal, *top manta,* y buscar trabajo construcción, también aparcar coches, pero difícil. Mafias. También campo. Vivimos piso pequeño, cincuenta metros, quince personas, Nigeria, Burkina Faso, Senegal. Todos amigos. Padres y hermanas pequeñas estar Nigeria.

–¿Y podéis enviar dinero a la familia?

Tunde esbozó un gesto de abatimiento.

–No poder. Vivimos hambre y buscar comida contenedores. Es difícil. No trabajo. Gente miedo.

Nos levantamos y salimos a la calle. Soplaba un airecillo frío. Tunde había perdido su timidez inicial y empezaba a sentirse a gusto con nosotros. Fuimos caminando hasta donde él vivía, aunque más exacto hubiera sido decir sobrevivía, un edificio amarillo lleno de pintadas en las paredes. El barrio bullía de inmigrantes con trazas de padecer en la piel, en los huesos, en el alma mil calamidades.

–¿Qué ha dicho la policía de la desaparición de tu hermano?

La expresión de impotencia de Tunde se hizo más patente.

–Policía no saber nada, no decir nada, no hacer nada. Solo un policía preguntar por mi hermano Wole. Un policía que tener raya en frente.

–¿Una raya en la frente? –repitió Clara con una mueca de extrañeza.

–Sí, raya en frente –insistió Tunde–. ¿Cómo se dice?

–¿Una cicatriz? –aventuré.

–¡Sí! –el rostro de Tunde pareció iluminarse de pronto–. ¡Cicatriz así!

Y Tunde dibujó un zigzag en el aire.

–Pero policía preguntar y no solución nada –observó Tunde–. Wole desaparecido. Nadie saber nada. Gente miedo.

Mientras caminábamos, habíamos llegado a la frontera invisible que delimitaba el fin de aquel reino de sombras y desdichas. Más allá de Primado Reig comenzaba el mundo luminoso.

–Trataremos de averiguar el paradero de tu hermano –le comenté, dándole la mano–. Tal vez volvamos a vernos.

Clara le dio dos besos a Tunde y le obsequió con una sonrisa maravillosa.

Metí la mano en el bolsillo y extraje lo único que tenía: cinco euros con cuarenta céntimos. Se lo alargué.

–Esto es para ti.

Tunde me miró, agradecido y avergonzado, sin atreverse a coger aquel dinero.

–Te lo has ganado honradamente –le dije, con toda la amabilidad de la que fui capaz–. Por tu información.

Tunde se enjugó con la mano unas lagrimillas que habían asomado a sus ojos y tomó el dinero que le ofrecía. Luego, sonrió abiertamente por primera vez.

–Gracias. Vosotros buenos.

Capítulo duodécimo

LA clase de Historia discurría por sus cauces habituales. El Cachas nos estaba largando un rollo macabeo con su tono monocorde y lánguido, y nosotros nos dedicábamos a dormitar o a hacer los ejercicios de Matemáticas y de Física y Química.

De repente alguien me tiró una bola de papel.

Busqué con los ojos al autor de la bromita y descubrí al Quincalla, varias mesas más allá, mirándome con cara de mala leche.

Sin mediar palabra, me hizo el gesto de rebanarme el cuello, y yo le enseñé el dedo corazón de la mano derecha.

Ni corto ni perezoso, el Quincalla se levantó de la silla y se acercó hasta mi mesa, mientras el Cachas seguía perorando sobre el Antiguo Régimen y las monarquías absolutistas del siglo XVIII.

–Si tienes lo que hay que tener –me espetó en voz baja para que no lo oyera el profesor–, sales ahora mismo y me haces el dedito en el pasillo.

–¿Qué ocurre, José Antonio?

Era el Cachas, desde la pizarra.

Pero el Quincalla ni siquiera se molestó en mirar al profesor. Y mucho menos en responderle. Seguía de pie, junto a mí, con ganas de pelea, las piernas abiertas, el rostro tenso, los pendientes y colgantes metálicos que adornaban su indumentaria negra de *heavy* barriobajero y cutre tintineando fúnebremente.

–Ahora vuelvo, Óscar –le dije a mi compañero, que se había quedado, igual que toda la clase, con la boca abierta. Pude ver a Clara, a Julia y a Soraya, en las primeras filas, siguiendo estupefactas la escena.

El Cachas se acercó hasta nosotros con el libro de texto en la mano. Seco como un esparto, la piel transparente, los andares apretados.

–¿Puedo saber qué está pasando aquí? –repitió.

–Nada, profesor –dije con voz calmada–. José Antonio y yo le pedimos permiso para salir un momento. Tenemos que arreglar unos papeles en secretaría y hoy se nos acaba el plazo. Volveremos enseguida.

El Cachas nos miró de hito en hito, sin acabar de fiarse. La actitud desafiante del Quincalla contrastaba con los buenos modales y el aire de corderito obediente que yo había adoptado. Finalmente, se alzó de hombros y dio por buena mi explicación.

–Está bien, pero esto no son maneras…

–Disculpe –añadí; y eché a caminar hacia la puerta, seguido del Quincalla, ante la expectación general. Aún pude ver por el rabillo del ojo la expresión sofocada de Julia Latorre, que me pedía con gestos que tuviera mucho cuidado.

Le guiñé un ojo. Luego dirigí la mirada hasta Clara, a su lado, y asentí ligeramente con la cabeza, mientras sonreía, para tranquilizarla.

Salimos al pasillo. Al fondo, las dos profesoras de guardia estaban hablando junto a un ventanal. Hicieron como que no nos veían y siguieron conversando de sus cosas.

El Quincalla y yo nos metimos en el servicio de chicos y cerramos la puerta. Además de los tres reservados y los cinco urinarios, casi todos rotos, había unos lavabos con grifos y un gran espejo con grafitis. El espacio libre que quedaba, a modo de rellano, era de unos seis o siete metros cuadrados. Suficiente para bailar *break-dance.*

–Vamos a ver si te lo dejo claro, gilipollas –bramó el Quincalla echando espuma por la boca–. Si vuelves a hablar con Julia Latorre, te cortaré en rodajas. Y ahora quiero que te pongas de rodillas y me pidas perdón por el dedito.

Supuse que sería inútil tratar de convencerlo de que aquellas no eran formas de andar por la vida, avasallando, insultando y fastidiando a todo el mundo. Sin embargo, fingí que no había oído el insulto e intenté solucionar el incidente por las buenas.

–Mira, José Antonio, yo creo que…

El Quincalla me agarró por el pecho, con ánimo de intimidarme, y me acercó el rostro tanto que pude oler su aliento a insecticida.

–Me importa una mierda lo que tú creas, capullo…

No pudo seguir hablando.

Le arreé un rodillazo en sus partes con tantas ganas que se vio obligado a soltarme la pechera y encogerse igual que una cochinilla. Se dejó caer en el suelo lanzando exclamaciones de dolor y maldiciones. Me incliné un poco y lo agarré del pelo, largo y sucio. Le di un tirón para que levantara la cabeza y le espeté a la cara:

–Te lo diré en tu idioma, para que me entiendas, Quincalla. No quiero que vuelvas a cruzarte en mi camino ni en el de mis amigos. A Julia Latorre, la olvidas. No soy un idiota como tú, pero tampoco un santo. Y si me tocan las narices, me cabreo.

Lo dejé tirado en el suelo, retorciéndose, y volví a la clase. Las profesoras de guardia seguían hablando junto al ventanal. Llamé con los nudillos y asomé la cabeza. El Cachas me dio permiso para entrar. Crucé el aula con absoluta naturalidad, ante la mirada sorprendida de mis compañeros, que debían de estar preguntándose qué había ocurrido entre el Quincalla y yo, sobre todo porque él no regresaba a clase, y me senté en mi silla tranquilamente.

Ripoll seguía mis movimientos con la boca abierta.

–Cierra la boca, Óscar, que las moscas se te van a comer la campanilla.

El Cachas me observaba con expresión severa.

–¿Y su compañero?

Me alcé de hombros y torcí los labios en una mueca ambigua.

–Por ahí.

El profesor retomó la clase y todo el mundo se olvidó del incidente, hasta que quince minutos más tarde el Quincalla abrió la puerta, sin pedir permiso, y fue hasta su sitio, tratando de pasar inadvertido.

–¿Es que no sabes llamar a la puerta como una persona normal, José Antonio?

El rostro del Quincalla parecía el de alguien que ha tenido una revelación mística. Estaba transfigurado.

–Perdone, don Valeriano. No me he dado cuenta.

–Que sea la última vez.

Las miradas de Julia y Clara, atravesando el bosque de cabezas que poblaba el aula, se cruzaron con la mía. Ambas tenían el entrecejo fruncido y una media sonrisa en los labios.

El Cachas retomó la palabra para hablarnos de Luis XIV y de la corte de Versalles, y yo fingí que me sumergía en las profundidades de la historia francesa. El Quincalla no volvió a piar en toda la mañana.

La Galería Rímini exponía las obras de los artistas más sobresalientes en la calle de Cirilo Amorós. Se trataba de un local no muy grande, rectangular, en cuyo centro destacaba una mesa improvisada con un tablero y varios caballetes. El servicio de *catering* había colocado sobre la mesa un gran búcaro con flores y algunas botellas de cava, vino blanco y agua.

Mi tía Adriana estaba entusiasmada con aquel plan tan artístico. Se había traído también a dos amigas y las tres se dedicaron a contemplar los cuadros como si fueran tres entendidas en el asunto.

Clara, Julia, Soraya, Óscar Ripoll y yo éramos los únicos representantes de la clase en aquella inauguración. Los demás asistentes, al margen de mi tía y sus dos amigas, eran unas veinte o veinticinco personas, casi todos hombres y mujeres de edad adulta, vestidos con elegancia, como para asistir a una boda.

El pintor era un individuo de unos cuarenta y pocos años, pelo rubio y alborotado. Iba vestido con una chaqueta y unos pantalones de lino blanco.

Según explicó, después de darnos la bienvenida a todos los presentes, su concepción artística respondía a una visión minimalista del mundo. Su estilo pretendía personificar estados de ánimo diversos con el menor número posible de medios expresivos, etcétera.

Pronto me desentendí de su charla, porque no pillaba nada. Clara y Julia seguían su disertación, igual que dos expertas. Ripoll y Soraya estaban al final, junto a mí, y se habían enzarzado en una discusión bizantina sobre el arte y las matemáticas.

–Ambas materias intentan explicar, a su manera, el orden del cosmos –decía Soraya, a quien jamás había oído hablar con tanta retórica.

–Yo creo que las matemáticas son una ciencia sintética, mientras que el arte es más bien una disciplina analítica –objetaba Ripoll.

–Tal vez –admitía Soraya–. Pero síntesis y análisis son dos caras de una misma moneda. Al fin y al cabo, todo es abstracción.

–Ahí no puedo estar de acuerdo –afirmó categóricamente Ripoll.

–Eh, chicos –intervine yo, que empezaba a sentir dolor de cabeza con aquel cuchicheo tan erudito–. ¿Por qué no dejáis eso para después? Os van a llamar la atención.

Óscar y Soraya debieron de pensar que tenía razón, porque se callaron al instante.

Entretanto, el artista seguía con su rollo, y yo me dediqué a contemplar los cuadros que había frente a mí. Uno de ellos era amarillo y tenía cuatro rayas horizontales que parecían cortes realizados con una cuchilla. Otro óleo lo constituían dos redondeles rojos sobre fondo blanco. Un tercero era gris claro y mostraba un pequeño cuadro gris oscuro, casi negro, a modo de ventana cegada.

Los aplausos de la concurrencia me hicieron regresar a la realidad. Aplaudí como todo el mundo. Luego tomó la palabra la responsable de la galería, una mujer que rozaría los cuarenta, elegantemente vestida con un traje largo azul. Volvió a dar las gracias a los asistentes y nos invitó a tomar una copa de cava o un vaso de vino, para brindar por la buena suerte de la exposición. Alguien empezó a abrir botellas y a llenar vasos, que la gente se apresuraba a tomar. Nosotros, los jóvenes, optamos por el agua.

Los minutos siguientes fueron de un gran bullicio. Se formaban pequeños grupos delante de los cuadros. Algunos seguían bebiendo alrededor de la mesa, sobre la que habían aparecido platos con canapés.

Vi a mi tía y a sus amigas hablando con otras personas animadamente. Con toda probabilidad estaban intercambiando impresiones sobre los cuadros. Mi tía parecía feliz y me alegré mucho por ella. Poco a poco tendría que empezar a recuperarse de la pérdida de mi tío Pascual. Era demasiado joven para marchitarse encerrada en casa.

Comenzó a sonar una música de fondo por toda la sala. Escuché con atención, mientras alrededor la gente seguía hablando, riendo, brindando. Era una melodía hermosa, pero no tuve tiempo de deleitarme con ella, porque Julia quería presentarme a su madre, que acababa de entrar en aquel momento por la puerta.

Cuando estuve frente a aquella mujer, pude comprobar que era una copia de la hija. O mejor dicho, la hija era una copia de la madre.

Óscar y Soraya se habían apartado unos metros de nosotros. Estaban ante un óleo y habían vuelto a enzarzarse en su discusión filosófica sobre arte y matemáticas. Parecían entusiasmados con aquella confrontación dialéctica.

–Mamá, a Clara ya la conoces. Este es Sergio, el compañero nuevo del que te he hablado alguna vez.

La madre de Julia y yo nos besamos. Su sonrisa era encantadora.

–Así que tú eres el Llanero Solitario.

No supe si enfadarme o tomármelo como un cumplido. Me quedé bloqueado.

Ella soltó una carcajada tan limpia que me hizo reír a mí también.

–Espero no haberte ofendido.

–No se preocupe, me han dicho cosas peores.

Julia y Clara se acercaron a ver la exposición y nos dejaron solos.

–¿Te gusta la pintura?

–¿Esta o en general?

Ella volvió a sonreír.

–La pintura –dijo.

–Sí, claro.

–Rafa Salazar estudió conmigo en el instituto, hace ya muchos años –sonrió cálidamente–. Ya entonces se veía venir que iba a triunfar en el mundo del arte. Es un hombre excepcional.

Deduje que Rafa Salazar era el autor de los óleos.

Nos pusimos a mirar un cuadro que se exponía delante de nosotros. Sobre un fondo rosa pálido, el artista había dejado caer dos gotas rojas, como de sangre.

–¿Y qué me dices de estos cuadros?

Al oír la palabra *cuadro,* el pensamiento voló hacia la extraña mansión Nietmetschek. Recordé el retrato de las cuatro mujeres.

–Los cuadros –repetí estúpidamente–. Sí. Están bien –en realidad me dejaban bastante indiferente, pero no quería ser descortés–. Por cierto, veo que usted entiende de pintura.

–Solo un poco –me corrigió con humildad.

–Es que estoy interesado en un pintor, aunque no recuerdo cómo se llamaba. El nombre empieza por C y el apellido es algo así como Bunidia, Buneda, Burida…

La mujer se quedó meditando.

–No sé… ¿Es una indiscreción preguntarte por qué quieres saber de ese pintor? Tal vez si me dices más cosas sobre él…

Rescaté con la mente las imágenes de mi visita a La Rosa Negra.

–He visto un cuadro muy curioso. Un óleo en el que posan cuatro mujeres. A juzgar por el parecido, debe de tratarse de una madre y tres hijas. La madre tendrá unos cuarenta años. Las dos hijas mayores, alrededor de los doce o catorce años. La más pequeña no creo que tenga más de dos o tres. El pintor debe de ser bastante bueno, porque la calidad del retrato es, a mi modesto entender, excelente.

–¿Y por qué has dicho que ese cuadro es curioso?

–Porque a la entrada de la casa donde vi el cuadro había una estatua de mármol negro. Una mujer de aspecto sereno y diabólico al mismo tiempo. Y el rostro de esa estatua coincidía con el de la mujer del cuadro. El modelo tuvo que ser el mismo. Tal vez el pintor y el escultor sean también la misma persona. Es lo más probable.

La madre de Julia esbozó una leve sonrisa, apenas perceptible.

–Tal vez estemos hablando de Carlos Buendía. Es posible que sea él…

–¿Lo conoce?

–Carlos Buendía fue un artista integral. Pintaba, modelaba, esculpía, tallaba… Uno de los mejores de esta ciudad, si no el mejor.

–¿Qué le pasó? ¿Murió?

–No, no. Simplemente decidió retirarse del mundo artístico hace unos cuantos años. De la noche a la mañana. Está desaparecido.

–¿Y no sabe dónde podría encontrarlo?

–Me suena que vivía en El Vedat de Torrent, en un chalé grande que usaba como casa, taller, almacén y museo, entregado en cuerpo y alma a su profesión. Sin embargo, a pesar del éxito y el reconocimiento, fue siempre un hombre sencillo, al que la fama no afectaba en absoluto. Para él lo importante era el arte. Yo lo consideraba un campesino metido a artista por equivocación del destino. Hablaba poco y jamás dio la nota, cosa poco habitual en este mundillo, donde lo que abundan son la vanidad y los escándalos.

–O sea, que le caía bien.

–Vi algunas de sus exposiciones y me parecía muy bueno. De todos modos, no lo llegué a conocer demasiado. Él solía hacer poca vida social y no era demasiado amigo de actos culturales y tertulias.

En aquel momento llegaron Julia y Clara, sonriendo como dos niñas felices, y empezaron a comentar y alabar entre exclamaciones las excelencias de los cuadros expuestos.

También se acercaron mi tía Adriana y sus amigas. Hice las presentaciones y durante algunos minutos hubo bromas y comentarios diversos sobre la exposición.

Yo escuchaba sin enterarme, porque no dejaba de darle vueltas a lo que acababa de hablar con la madre de Julia. ¿Y si aquel Carlos Buendía no era el autor del óleo de las cuatro mujeres?

Si quería averiguarlo, no tenía más remedio que acercarme a Torrent.

Capítulo decimotercero

EL sábado pasé la mañana ayudando en la limpieza de la casa. Mi tía aprovechó para sonsacarme sobre mi vida académica, que, dicho sea de paso, no ofrecía grandes novedades. En realidad, no ofrecía ningún brillo. Fiel a mi trayectoria estudiantil, iba bordeando el precipicio del suspenso en todas las asignaturas. Al menos, eso era lo que yo pensaba antes de que hubieran llegado las notas de la primera evaluación. Pero eso sería para Navidad.

Dejé pasar el mediodía y las primeras horas de la tarde en una impaciencia febril. Incapaz de concentrarme, empezaba tareas que abandonaba antes de acabarlas, leía y escuchaba música sin enterarme de lo que leía o escuchaba. Apenas probé los macarrones con tomate y solo me animé un poco con la fruta del postre. Después de la comida hubo sesión de tele: *Tras el corazón verde*. Aventuras en la selva colombiana y siesta en el sofá.

Salí de casa pasadas las cinco y media, sin esperar al final de la película. No podía disimular la inquietud que me invadía. Clara y su padre me aguardaban para merendar chocolate.

Llegué un poco antes de la hora convenida. Alguien me abrió el portal sin preguntar por el telefonillo quién llamaba. Debieron de suponer que era yo. Subí a pie al primer rellano y encontré la puerta entreabierta. Por toda bienvenida, me recibió una música de piano, dulce y melancólica. Juzgué una descortesía dar una voz o golpear la puerta, así que me quedé como un bobo sin atreverme a entrar ni a dar señales de mi presencia, hasta que transcurrieron unos dos o tres minutos y la música cesó. Al instante, Clara salió a recibirme.

–Pero ¿qué haces ahí parado? ¿Por qué no entras?

Me condujo hasta el comedor a través de un breve pasillo. Pude apreciar que era un piso bastante antiguo, decorado con pocos muebles y con mucha luz natural. Su padre nos esperaba de pie, junto al ventanal del balcón que daba a la calle del Mar. Al verme aparecer junto a su hija, amagó una sonrisa mínima y me tendió la mano.

–Hola, Sergio.

–Encantado –respondí mecánicamente, estrechando aquella mano blanca y huesuda.

–Mi nombre es Ismael, Ismael Rovira. Disculparás que no hayamos salido a recibirte antes, pero en esta casa hay algunas leyes, no escritas, claro, aunque hay que cumplirlas a rajatabla. La primera de esas leyes es no interrumpir a Clara cuando interpreta una pieza musical al piano. Y cuando decimos no interrumpir incluimos el levantarse, el abanicarse, el abrir una puerta… Mi hija ha querido darte la bienvenida tocando para ti una de sus melodías favoritas: *Oblivion,* de Astor Piazzolla.

Me sentí abrumado. Volví los ojos hacia Clara, que me sonreía con expresión encantadora. De pronto advertí que tanto ella como su padre iban vestidos como si fueran a asistir a una ceremonia muy importante. Ella lucía un traje azul de muselina o moaré, no sé, no entiendo demasiado, pero era evidente que se trataba de un vestido especial. Tenía volantes y frunces. Llevaba el pelo limpísimo, cayéndole lo mismo que una cascada de oro sobre los hombros. Ismael se había enfundado un traje oscuro, de esos que se llevan en las bodas. Lucía pajarita y un pañuelo de seda, doblado con cuidado sobre el bolsillito de la pechera.

La barba, el cabello y el bigote, ligeramente nevados, delataban su reciente paso por la barbería.

Yo vestía como un día cualquiera, vaqueros, camiseta, una cazadora marrón y deportivas. Pensé que tenía que empezar a cuidar mi imagen.

–Es una música preciosa –afirmé.

–Desde luego –aprobó el anfitrión–. Pero sentémonos, por favor.

Tomamos asiento alrededor de una mesa camilla, vestida también para una gala, con un mantel inmaculadamente blanco con puntillas y dibujos de miniaturista, sobre el que descansaba un búcaro de cristal con unas orquídeas blancas.

–¿Te gustan las orquídeas? –dijo Ismael, señalando con los ojos las flores del búcaro.

–Son preciosas.

–Eran las flores preferidas de mi esposa. Las orquídeas blancas. Y ahora lo son también de Clara.

Asentí con una mínima sonrisa.

–Clara me ha hablado mucho de ti.

Sentí que me ardían las orejas.

–Eres de Zaragoza, pero estás viviendo aquí con una tía...

Ismael dejó la frase en puntos suspensivos y yo entendí que debía hablar de mi vida. Resumí brevemente la historia familiar y la rápida adaptación. Nunca he sido un gran contador de historias, así que despaché en cuatro frases el compromiso.

–¡El chocolate se enfría! –observó Clara con una alegría contagiosa–. Voy a traerlo.

Pensé en salir tras ella y ayudarla a traer tazas y cucharas, pero la voz de Ismael, grave y modulada como la de un barítono, me retuvo pegado a la silla.

–Mi hija te tiene en alta estima.

Volví a sonreír, algo turbado. Analicé con detenimiento el lugar. Encima del piano, colgada de la pared podía verse una foto de la propia Clara con nueve o diez años. Sobre la tapa del piano había otro búcaro de cristal, este más pequeño, con otra orquídea blanca. En el aparador descansaba un retrato de tamaño medio de una mujer joven, no más de veinticuatro o veinticinco años. Me quedé mirándolo con tanto descaro que Ismael se vio obligado a decir algo.

–Es mi esposa, Clara. Ahí no se nota, pero estaba embarazada.

Examiné con disimulo aquella foto. Clara madre tenía el pelo moreno, ondulado y abundante, y la piel oscura. Esgrimía la sonrisa intemporal de las fotografías. No se podía apreciar el embarazo. Posaba sentada en un banco de madera y detrás de ella había arbustos con flores. Debía de ser un parque o un jardín.

–¿De qué murió su esposa?

Los ojos de Ismael parecieron hundirse en un pozo de recuerdos oscuros.

–No pudo superar el parto –dijo–. Los médicos no consiguieron salvarla. La providencia es así. Se fue Clara Monzón y llegó Clara Rovira.

No supe si debía sonreír o permanecer serio. Menos mal que Clara apareció en aquel momento con un carrito de ruedas sobre el que traía una gran jarra de chocolate humeante, las tazas y una enorme fuente de buñuelos de calabaza. Desde que vivía con mi tía Adriana los había probado algunas veces y eran deliciosos.

–¡La merienda! –exclamó mientras cruzaba el comedor y llegaba hasta nosotros–. He hecho de sobra por si alguien quiere repetir.

Durante los siguientes minutos, la conversación giró en torno a lo buenos que estaban el chocolate y los buñuelos, las bromas de Clara, los comentarios de Ismael y mis breves y tímidas intervenciones en aquella fiesta casi familiar.

Hubiera deseado preguntarle a Clara por el asunto del hospital, pero no me atreví. Ni siquiera encontré la oportunidad de desviar la conversación hacia esos derroteros.

–Entonces, Sergio, ¿te gusta la ciudad?

–¿La ciudad? Claro. Creo que es muy… misteriosa –dije, mirando con algo de guasa a Clara.

–¿Misteriosa? –Ismael frunció el entrecejo.

–A Sergio le gustan los misterios, papá.

–Pues no seré yo quien te contradiga, jovencito. El misterio está en todas partes, pero solo algunos privilegiados son capaces de encontrarse con él. Hay quien tiene delante una locomotora y no se da cuenta.

El chocolate estaba realmente estupendo, por lo que agasajé a Clara con mis felicitaciones más sinceras. Me serví una segunda taza y un par de buñuelos extra.

–Creo que si no puedes vivir de la música, siempre te podrás dedicar a la repostería –bromeé.

Ella se limpió la boca con una servilleta y se sentó al piano. Comenzó a interpretar una balada triste y muy hermosa, si es que la tristeza y la hermosura no constituyen una paradoja.

Recordé las palabras de Ismael: «La primera de esas leyes es no interrumpir a Clara cuando interpreta una pieza musical al piano», así que durante cinco minutos largos solo se oyeron en la sala los suspiros que exhalaba el piano. Al acabar la pieza, Clara se puso de pie y, ante la atronadora ovación que le dispensamos Ismael y yo, empezó a saludar como un consumado intérprete al finalizar un concierto, dando cabezadas y haciendo inclinaciones histriónicas.

Poco después abandoné la casa. Mi tía había quedado para cenar con una compañera del trabajo, el marido y los hijos, que eran de mi edad, y había contado conmigo sin preguntarme. Lo único que me fastidiaba era tener que interrumpir aquella velada de chocolate y música de piano.

Había pasado una tarde feliz.

Me sentía bien con Clara y me sentía bien con Ismael.

El domingo me levanté temprano. Tomé el metro, que me dejó en el mismo Vedat de Torrent, donde residía Carlos Buendía, pero tan pronto como llegué me di cuenta de que no iba a ser fácil dar con el artista.

El Vedat es un conglomerado de urbanizaciones, junto a Torrent, en donde viven miles de personas, dispersas y alejadas unas de otras por pinos, alambradas, montes y descampados. Un laberinto de chalés casi infinito.

Comencé a preguntar en gasolineras, restaurantes, farmacias…, y en todas partes recibía el mismo alzarse de hombros y la misma indiferencia. Era como buscar una aguja en un pajar.

Cuando empezaba a desanimarme, vi venir un coche patrulla de la policía municipal y, sin pensármelo dos veces, le hice el alto. Los policías pusieron el intermitente y arrimaron el vehículo a la acera por la que yo caminaba.

El copiloto era un tipo con cara de oveja aburrida. Me miró de arriba abajo y me invitó con los ojos a que le dijera qué era lo que quería. Les expliqué a quién buscaba. El policía dijo sin hablar que no tenía ni idea, con un simple movimiento de la cara, pero el conductor se quedó meditando.

–Creo que me suena. Sí, sí… Ya sé quién es… Pero vive bastante lejos de aquí. Andando tardarás más de media hora.

Aseguré que no tenía prisa.

–Sube, hombre –dijo el conductor, que parecía mucho más campechano que el copiloto–. Te llevamos. Para eso están las fuerzas del orden.

Unos minutos más tarde, después de callejear por urbanizaciones y comercios diseminados, los policías me dejaron delante de un chalé protegido por un muro de dos metros. El chalé, rodeado de pinos, era de mediano tamaño, paredes blancas y techo de tejas rojas tradicionales.

–Cuando quieras volver, por esa calle, recto, sales al metro –me informó el conductor antes de arrancar.

–Gracias por todo.

El de la cara de oveja volvió a mirarme de arriba abajo, como si mi aspecto le inspirase recelo. Le dije adiós con un gesto de la cabeza y de la mano, pero no se molestó ni en sonreír. Pensé que debía de tener atrofiados los músculos de la cara.

Analicé con calma el chalé. En la fachada, junto a la puerta, sobre dos azulejos blancos y con unos trazos añiles, habían escrito dos palabras: Carlos Buendía. Me examiné a mí mismo unos momentos antes de entrar y me di un aprobado. Oí un zureo y alcé los ojos hacia el cielo. Una bandada de palomas cruzaba en aquellos momentos la transparencia del aire. El día olía a pinos y a montaña.

Decidido, alargué el brazo y pulsé el timbre.

Capítulo decimocuarto

CARLOS BUENDÍA vivía solo. Era un hombre de unos setenta y pocos años, enjuto y todavía bastante ágil, que se movía perseguido por un enjambre de gatos de todos los colores.

Me presenté como un estudiante aficionado al arte, que debía elaborar un trabajo para el instituto.

–La profesora quería que entrevistáramos a un pintor contemporáneo –dije a modo de colofón–. Alguien me habló de usted, no recuerdo quién, y aquí estoy. Le agradezco sus atenciones.

–No las merezco, joven. Venga, le enseñaré el jardín.

Pronto descubrí que aquel hombre era un verdadero enamorado de la naturaleza. Recogía gatos abandonados y cuidaba de su propio jardín con un entusiasmo adolescente. Me explicó el nombre de todas las plantas, el coloquial y el científico, y al mismo tiempo que me decía esto me contaba anécdotas sobre ellas. A menudo se paraba para reñir a algún gato que se metía entre sus pies y no lo dejaba avanzar.

–Estos gatos son tremendos –protestaba en voz alta.

El jardín estaba lleno de estatuas y de esculturas modernas, de esas obras abstractas que no sabes muy bien qué representan. Me fijé en algunas piezas, hechas de mármol o alabastro, supuse. Eran perfectas.

Mientras me hablaba de las estatuas y de los árboles que poblaban su jardín, les puso la merienda a los gatos. Conté, al menos, siete comederos. Por fin, cuando ya empezaba a desesperarme, me invitó a entrar en la casa.

La vivienda era otro museo infinito. No solo el salón principal, enorme, sino la casa entera, pasillos y escaleras incluidos, albergaban multitud de cuadros y de esculturas de todas las formas y variedades posibles. Prácticamente no había espacio para poner un cenicero.

Carlos Buendía fue hasta la cocina y regresó enseguida con una bandeja, sobre la que portaba dos vasos de leche.

–Espero que usted sea abstemio –indicó, alargándome uno de los vasos.

No me apetecía beberme un vaso de leche, pero tenía sed, así que le di las gracias y acepté sin rechistar.

Carlos Buendía empezó a contarme su trayectoria artística con detalle. Yo simulé tomar notas.

Aproveché un pequeño respiro del pintor para preguntarle por lo que realmente me interesaba.

–Me gustaría que me hablara de un cuadro muy especial.

–Jovencito… Ese no es un buen comienzo –sonrió enigmáticamente–. Para mí, todos mis cuadros, mis esculturas… son especiales.

–Supongo –sonreí–. Pero me gustaría hablar de uno en concreto. Se trata de un óleo de gran tamaño que he visto en una mansión llamada La Rosa Negra.

Al oír aquel nombre, el rostro de Buendía palideció. Fue como si acabara de ver un fantasma. Noté que le temblaba el vaso de leche entre los dedos.

–Niemetschek –dijo en voz baja, para sí.

–En efecto, ese era el nombre que figuraba en la fachada de la casa, en el escudo. Niemetschek. ¿Sabe entonces a qué cuadro me refiero?

Carlos Buendía se levantó sin decirme nada. Volvió al poco con una botella de coñac, una cubitera de níquel llena de hielo y dos vasos anchos de cristal labrado.

–Si he de hablarle de Niemetschek, necesitaré algo más fuerte que la leche.

Sin preguntarme nada, tal como había hecho con la leche, puso un par de cubitos en cada vaso y los llenó hasta la mitad. Luego me alargó uno.

Supuse que sería inútil decir que yo no tomaba alcohol, y además no me pareció adecuado declinar la invitación. Cogí aquel vaso, aunque sin tomar ni un sorbo, porque no estaba dispuesto a morir envenenado.

Buendía debía de llevar mucho tiempo solo y sin la posibilidad de compartir con nadie aquellos recuerdos que lo entristecían tanto, porque empezó a desgranarlos como un torrente incontenible.

–Durante muchos años viví alejado del mundo, solo, entregado a mi trabajo. Mi compromiso con el arte fue siempre el motor de mi vida, y a mi manera he sido feliz.

Buendía suspiró y bebió un trago de coñac. Yo esperé sin ser capaz de llevarme el vaso a los labios.

–Entregado a mi tarea artística, no me ocupé jamás de buscar otros placeres mundanos. Para mí, el amor, el éxito, el poder, el dinero… no eran sino debilidades humanas. Nada comparado con el supremo arte de la creación. Si existe la inmortalidad, es en la obra que perdura más allá de nuestra efímera existencia. Eso era lo que yo creía con absoluta convicción. Me convertí en un apóstol de mi propia misión en la tierra. Hasta que conocí a Bárbara de Montalbán –suspiró al mencionar dicho nombre–. Tendría yo por entonces unos cuarenta años, y nunca había conocido el amor de una mujer. Bárbara era una actriz de dieciocho años que por aquella época comenzaba a triunfar en el mundo del cine. Todos la llamaban La Rosa Negra, porque siempre iba vestida de negro. Jamás olvidaré la primera vez que la vi. Fue un sábado de abril, en una gala a la que asistían políticos, artistas, empresarios… en fin, lo más granado y selecto de la ciudad. Desde el primer momento supe que me encontraba ante un ser superior, un ser dotado de una gracia sobrenatural. Me enamoré como un chiquillo de aquella mujer, que era una recreación de la misma Afrodita. Hermosa, proporcionada, sensual, inteligente…

Carlos Buendía hizo una nueva pausa. Las pupilas se le habían extraviado en algún remoto lugar de la conciencia, porque le brillaban como si estuvieran cuajadas de rocío. Bebió de un trago lo que quedaba en el vaso y volvió a llenarlo sin encomendarse a nadie. Yo seguía sin probar el coñac.

–Tenía el pelo rubio, largo, igual que una cola de caballo, y los ojos verdes y brillantes. Cuando sonreía se le formaban dos hoyuelos diminutos en la barbilla. ¡Dios! ¡Empecé a amarla nada más verla! Y de pronto, todo lo que había formado mi mundo se desmoronaba, lo mismo que un castillo de naipes. Solo vivía para ella. Asistía al cine día tras día para ver la misma película una y otra vez… Cada vez que ella aparecía por la ciudad con motivo de una gala, yo hacía lo imposible para ser invitado, y allí que me presentaba, para admirarla en público y para amarla en secreto. Nunca me acerqué a ella ni traté de conocerla, porque ella era tan joven… Empecé a comportarme de la misma manera que uno de esos personajes frívolos de la alta sociedad… ¡Hasta que un maldito día surgió de la mismísima nada, como un fantasma entre las brumas, Otto Niemetschek!

Buendía se zampó otro lingotazo de coñac y retomó el relato.

–Otto Niemetschek era de origen checo. Venía avalado por su fama de neurocirujano, pero pronto demostró que era mucho más que un simple médico. Apareció por la ciudad envuelto en la leyenda del hombre que podía conseguir cualquier cosa que se propusiera, realizó algunas demostraciones públicas en las que mezclaba la ciencia y la magia, y pronto consiguió la admiración de todo el mundo. En especial, la de Bárbara. La personalidad de Otto Niemetschek era arrolladora y ella no tardó en enamorarse de un hombre como él. ¡Un hombre que la sobrepasaba en veinte años! Yo me moría de celos al ver que la única mujer que me había importado se la llevaba otro, un tipo que despertaba fascinación y entusiasmo allá por donde pasaba. Investigué sobre él y descubrí que bajo esa máscara de prestigioso neurocirujano que triunfó en diferentes universidades europeas se escondía el alma de un psicópata. No fue fácil averiguar que en Praga había sido detenido bajo la acusación de practicar magia negra y conminado a abandonar el país. En Berlín fundó una sociedad secreta que celebraba ritos satánicos en los que se practicaba el canibalismo.

–¿Y no lo detuvieron nunca?

–Logró salir indemne de varios procesos por falta de pruebas. Niemetschek iba huyendo de un lado a otro. Es cierto que seguía desarrollando su labor como médico y como científico. Hasta donde yo sé, empleaba enfermos terminales para sus experimentos, muchos de los cuales rayaban en la brujería. Quiso la mala fortuna que un hombre así apareciera por España y viniera, casualmente, a visitar nuestra ciudad. El resto es fácil de imaginar. Yo deseché toda esperanza de conseguir a Bárbara y me refugié en mi trabajo. Dejé la ciudad y vine a vivir a este chalé, rodeado de paz y silencio. Durante varios años traté de olvidar a Bárbara y al doctor Niemetschek, pero fue en vano. Su recuerdo me perseguía a todas horas, como una maldición de la que no podía escapar. Fui perdiendo el interés por las cosas y un buen día descubrí que la inspiración me había abandonado para siempre. Sin embargo, seguí luchando contra mí mismo. No dejaría que la sombra de la fatalidad arruinara, además de mi vida, también mi obra. Hasta que un día ocurrió la desgracia.

El pintor hizo un alto en su narración. Había consumido ya tres vasos de coñac y los ojos le brillaban de manera especial, no sé si por el alcohol o por el hecho de haber resucitado los recuerdos que todavía lo seguían atormentando, después de tantos años. Vació lo que quedaba de la botella en el vaso. Los cubitos se habían disuelto, pero no se molestó en ir a por más. Yo seguía con mi vaso intacto.

–Niemetschek y Bárbara levantaron una mansión grande y hermosa en las cercanías de la ciudad. Otto solía viajar a todas partes para dar conferencias y exhibiciones de su ciencia mágica, muchas veces al extranjero. En ocasiones lo acompañaba un psicólogo que se llamaba... No me acuerdo, Romero o algo así, me parece. Mientras Niemetschek se encontraba en uno de esos viajes, la casa fue asaltada por una banda de malhechores, quienes, después de desvalijarla, le prendieron fuego, con Bárbara y las tres hijas del matrimonio dentro.

Buendía se apartó un par de lágrimas con la mano.

–¡Tuvo que ser terrible! Cuando llegaron los bomberos, la mansión había ardido por completo y no se salvaron ni los cimientos. Los cuatro cadáveres fueron encontrados completamente carbonizados.

Carlos Buendía volvió a suspirar. Creí que iba a echarse a llorar a moco tendido o a levantarse para ir a buscar otra botella, pero me equivoqué. Se quedó callado, mirándome, como si de repente no se acordara de quién era yo ni qué hacía allí ni por qué estaba contándome aquella historia. Intentando escapar de la sensación de claustrofobia que empezaba a experimentar, me llevé el coñac a los labios y bebí un sorbo. ¡Casi me muero! ¡Era lo mismo que si me hubiera echado por la garganta un trago de lava ardiendo!

–Cuando Otto regresó, no halló más que cenizas y desolación. Nada quedaba de su pasado. Durante varios años anduvo desaparecido, sin que se supiera nada de él, hasta que un día, de pronto, regresó a la ciudad, volvió a levantar la mansión de sus ruinas y se encerró en ella para vivir con sus recuerdos. Poco tiempo después recibí una extraña visita. Se trataba de un hombre de aspecto aterrador. Jamás vi un rostro tan espantoso. Era enorme y tenía la cara deformada. Parecía un gorila salido de una tumba.

Me vino a la cabeza el simio, no podía ser nadie más que él.

Buendía continuó con su relato.

–Aquel hombre hablaba con muchísima dificultad y deduje que había sufrido algún tipo de accidente terrible, que le había afectado incluso a las cuerdas vocales. Me enseñó una tarjeta en la que figuraba el nombre más odiado por mí: Otto Niemetschek. Y junto a él, una rosa negra. El famoso neurocirujano necesitaba mis servicios. Al principio pensé en negarme y echar a aquel monstruo de mi casa a patadas, pero pudo más la curiosidad que el rencor, que volvía a reaparecer inesperadamente, después de tantos años aletargado. Pregunté qué quería de mí el doctor Niemetschek, y el visitante solo dijo una palabra: «Retrato». Encontrados sentimientos comenzaron a luchar en mi interior. Temía y deseaba al mismo tiempo volver a ver a aquel individuo que había destrozado mi vida, para saber qué había sido de él y en qué se había convertido. Acepté. Prometí que iría a verlo al día siguiente, y el criado me dejó a solas con mi pasado. A la mañana siguiente, tal como prometiera a su lacayo, me presenté en la mansión de Niemetschek, la casa donde Bárbara había sido feliz durante muchos años. Parecía abandonada. En el jardín crecían árboles y plantas en completo desorden. El interior me recordó un cementerio. Oscuro, siniestro. Faltaba la luz. Todas las ventanas permanecían cerradas y flotaba en el ambiente un aire de tristeza y decadencia. Cuando contemplé de nuevo a Otto Niemetschek, me quedé impresionado.

–¿Cómo lo encontró tantos años después?

–Su aspecto era cadavérico. Estaba viejo y pálido. Sin embargo, continuaba conservando su porte aristocrático y sus andares erguidos. Por supuesto, él no me conocía. Si alguna vez coincidimos en una fiesta, no me recordaba. Yo, en cambio, no había podido dejar de pensar en él ni un solo día de mi vida. Me explicó que andaba buscando al mejor pintor de la ciudad y le habían hablado de mí. «Necesito sus servicios», me comentó, «para un trabajo muy especial». Yo asentí. «Quiero que pinte a mi mujer y a mis hijas, tal como yo las recuerdo. Y también quiero que esculpa una estatua de mi esposa». Aquello me dejó helado. Niemetschek quería contratarme para que inmortalizara precisamente a Bárbara de Montalbán, la mujer de mi vida, la mujer por la que había estado a punto de enloquecer, la mujer a la que seguía amando con todas mis fuerzas. «No importa el precio», me dijo. Deseé decir que no y desaparecer de aquella casa para siempre, pero una fuerza invisible me impidió negarme. Me vi aceptando el encargo, sin saber por qué. Niemetschek me dio las gracias y me rogó que tratara del asunto con Borivoj, su mayordomo.

Buendía hizo una pausa antes de terminar.

–Nunca más volví a ver a Niemetschek. Ni siquiera cuando terminé el encargo. Fue el mayordomo el que me suministró las fotografías con las que trabajé durante medio año. Pinté a Bárbara y a las tres niñas. Y también esculpí la estatua negra con el rostro de la mujer que amaba. Por supuesto, aquel fue mi último trabajo. Después de eso, ya nunca he vuelto a tomar un pincel ni un escoplo.

El pintor guardó silencio y cerró los párpados, como si de repente se hubiera dejado vencer por un cansancio antiguo. Lo contemplé con lástima. Aquel hombre derrotado había consumido su vida espantando sombras. De quien años atrás había sido uno de los mejores artistas del país no quedaba más que un espantajo. La botella y el vaso descansaban en la mesita. Me parecieron el testimonio penoso de lo que era la existencia de aquel hombre: un gran vacío. Yo seguía con mi vaso intacto. Lo dejé sobre la mesita y me levanté, dispuesto a despedirme, pero en ese mismo momento me di cuenta de que Carlos Buendía se había dormido y emitía leves ronquidos, con una expresión desolada en el rostro.

Me marché de la casa sin hacer ruido. Como un ladrón de sueños.

Capítulo decimoquinto

ÓSCAR RIPOLL no solo era un futuro sabio. Era también un buen amigo. Se había ofrecido para darme clases particulares gratis de Matemáticas y de Física hasta las doce de la noche, porque teníamos los exámenes la semana próxima y yo no tenía ni idea de nada. Veía venir el suspenso como una nube negra por el horizonte académico. Llegada la medianoche, comenté que no podía más y que me largaba a dormir. Ripoll no se cansaba nunca de hacer raíces cuadradas y operaciones numéricas inverosímiles a las que él denominaba «procesos científicos». Si yo no me hubiera rendido al cansancio, probablemente habríamos estado resolviendo logaritmos hasta el amanecer.

Su padre se brindó para llevarme a casa, pero dije que prefería dar un paseo. Era viernes y hacía una noche apacible.

Eché a andar con las manos en los bolsillos y la mente convertida en un avispero de números y fórmulas matemáticas.

De pronto algo llamó mi atención: un furgón blanco aparcado a la puerta de un *pub*. Era exactamente igual al que Clara y yo vimos en la misteriosa mansión. ¿Y si fuera el mismo? Solo había una manera de averiguarlo.

Me acerqué con disimulo y, al pasar junto a él, vi la rosa negra en la parte delantera. No había duda de que se trataba del mismo vehículo. Me pareció que dentro no había nadie. Me asomé al bar que estaba enfrente del furgón y vi al conductor apoyado en la barra con un vaso que contenía un licor oscuro. Lo reconocí en el acto. Era el simio, el tipo que salió en mi persecución el día que perdí la cartera. Había bastante gente, por lo que me resultó fácil entrar y pasar desapercibido. Pedí una Coca-Cola y me situé cerca de él. No me cabía duda de que se trataba del mayordomo de Niemetschek al que se refirió el pintor Carlos Buendía. Recordé su nombre: Borivoj. Tenía una cara monstruosa, como si se la hubieran confeccionado en un quirófano con trozos de piel de otros cuerpos. Pero no tuve mucho tiempo para observarlo, porque inesperadamente apuró el contenido del vaso y salió del local con pasos decididos. Me apresuré a salir tras él.

Vi que llevaba intención de subirse al furgón y largarse de allí, así que me adelanté a los acontecimientos y paré un taxi. Subí antes de que el furgón se pusiera en movimiento.

–¿Adónde vamos?

El taxista tenía aspecto de macarrilla. Mascaba chicle a dos carrillos.

–Siga a ese vehículo, por favor.

El macarrilla sonrió y me lanzó una mirada de gánster por el espejo retrovisor.

–¿En plan película americana?

–Intente ser discreto.

Por fortuna, el taxista conocía su oficio, porque en todos los cruces y semáforos se las ingeniaba para no perder de vista el furgón. Atravesamos varias calles hasta llegar al río y enfilamos por la avenida del Puerto, que a tales horas rebosaba de luces y de ambiente nocturno. Era una zona en la que abundaban los traficantes y las prostitutas; también, los inmigrantes de todos los colores que salían por la noche como murciélagos buscando el encuentro con sus compatriotas. Nos desviamos hacia

El Cabañal y empezamos a callejear hasta que el furgón se detuvo. Nosotros, a prudente distancia, lo imitamos.

El taxista volvió a poner sus ojos en mí a través del retrovisor.

–¿Y ahora qué hacemos?

–Espere.

Nos quedamos observando. Durante varios minutos no pasó nada y nadie subió ni bajó del furgón ¿Qué diablos sucedía allí?

Eché una ojeada al taxímetro, que seguía avanzando hacia mi ruina. Volví a mirar el furgón, detenido como un vehículo fúnebre entre las sombras, a la entrada de una callejuela. Nada se movía alrededor. Aquello empezó a darme mala espina y estuve tentado de decirle al taxista que diera media vuelta y nos largáramos de allí antes de que fuera demasiado tarde. Pero la adrenalina se me había disparado y no contemplaba la opción de marcharme sin averiguar qué hacía aquel tipo allí, metido en el furgón, como si esperando a alguien.

–¿Cuánto le debo?

Era una pregunta de cortesía, porque el taxímetro lo marcaba bien claro.

–Catorce euros y cincuenta céntimos.

Le di quince euros y, a pesar de que andaba siempre con los bolsillos esquilmados, le dije que se quedara con la vuelta.

–No te metas en líos –advirtió sin dejar de mascar chicle–, que eres muy joven y este barrio da mal rollo.

–Gracias por el consejo.

Bajé y me quedé parado en la acera, mientras el taxi se ponía en marcha y me dejaba solo en uno de los peores barrios de la ciudad. El Cabañal, al menos por aquella zona, era un barrio de mala muerte donde se hacinaba lo más sórdido de la sociedad. Pasear por él era como adentrarse por la calle más céntrica del infierno.

Me parapeté en un portal, camuflado en la oscuridad, y me dediqué a espiar. ¿Para qué había ido a un lugar tan desolador aquel tipo y por qué seguía dentro del furgón? ¿Estaría esperando a alguien?

Vi pasar un grupo de cuatro individuos. A pesar de la oscuridad, comprobé que se trataba de inmigrantes de raza negra. Hablaban sin levantar mucho la voz, pero pude advertir que lo hacían en una lengua africana. No me vieron. O si lo hicieron, fingieron no darse cuenta de mi presencia.

Durante varios minutos permanecí en tensión, mirando a todas partes por si sucedía un hecho imprevisto y extraño. Nadie volvió a pasar y nada ocurría dentro o fuera del furgón. Perdí la noción del tiempo que llevaba esperando. Ya empezaba a impacientarme cuando, de súbito, apareció una silueta por el fondo de la calle. Me pareció un hombre, y por los andares debía de estar bebido. Tan pronto como llegó a la altura del furgón blanco sucedió algo inesperado.

Las puertas traseras del vehículo se abrieron de golpe y, con una velocidad de vértigo, una sombra se echó encima del viandante sin que este tuviera tiempo de reaccionar. En décimas de segundo, el gorila consiguió inmovilizar a su víctima y dejarla inconsciente en el suelo. Vi cómo sacaba una manta o una tela grande, la desplegaba en el suelo y la enrollaba alrededor del incauto, a modo de sudario. Sin pérdida de tiempo, lo echó al interior del furgón, se sentó al volante y arrancó. Antes de que me percatara de lo que había sucedido, el vehículo se había evaporado, dejándome con una extraña sensación de vértigo.

¡Aquello que acababa de presenciar era un rapto en toda regla!

Mi tía Adriana había preparado café con leche, zumo de naranja natural y tostadas con aceite para desayunar.

–Tía, tengo un problema –dije mientras cogía una rebanada de pan.

Mi tía me miró sorprendida, pero no dijo nada.

–Anoche presencié un secuestro.

A mi tía estuvo a punto de caérsele la taza de café. Se quedó mirándome con la boca abierta.

–¿Qué?

–Pues eso. Anoche vi cómo se llevaban a un hombre a la fuerza.

Mi tía dejó la taza sobre la mesa y puso su mano sobre la mía.

–¿Te has metido en algún lío?

Sonreí. Le golpeé cariñosamente la mano con mis dedos libres. Luego, le resumí lo que había presenciado la noche anterior.

–¿Qué opinas? –le pregunté cuando puse el punto final.

–Pues opino que deberíamos ir a la policía, a contarles lo mismo que me acabas de contar a mí.

–Sí, ya lo había pensado. Pero no hace falta que me acompañes –dije absolutamente convencido–. Puedo ir yo solo. Además, tú tienes que trabajar.

–No seas memo. Eres menor de edad. Necesitas que te acompañe un adulto a poner la denuncia. Soy tu tutora legal, no lo olvides.

Le sonreí.

–Está bien. Iremos cuando vuelvas de la mercería.

Mi tía me dedicó una sonrisa cómplice.

–Y cambiando de tema –dijo después de llevarse a la boca un trocito de tostada y masticar con deleite–, deberías comer un poco más y corretear menos por ahí. ¿Qué hacías anoche a las tantas en El Cabañal? Sabes que es un barrio peligroso.

–Tía, por favor, no te pongas en plan misionero.

–¿En plan misionero? –mi tía volvió a morder otro pedazo de tostada–. Tendré que decirles a tus padres que te estás quedando como un fideo y que te pasas la vida fuera de casa. Veremos las notas.

–Ya tengo quince años. Y no voy a pasarme la vida encerrado en casa. Me gustaría que me contaras qué hacías tú a los quince años.

–No seas insolente –me dijo sonriendo–, o te daré un cachete. Ya sé que tienes quince años. Bendita juventud. Y ya sé que tienes que salir con tus amigos, pero a veces pienso que mi sobrino es un extraño. Me gustaría que pasáramos juntos más tiempo y que me hablaras de tus problemas. Por ejemplo, me parece genial que me hayas contado lo de anoche.

Sus ojos grises me miraron con cariño.

–Te has hecho mayor, Sergio. Te has hecho mayor sin que nos diéramos cuenta. A menudo me pregunto qué queda de aquel niño al que yo dormía en mis brazos.

Quise devolverle la sonrisa, pero me salió una mueca.

–El tiempo pasa, tía.

–Y que lo digas. Ya me he fijado en que te está saliendo bigote. Deberíamos tener más comunicación.

Al oír aquello pensé en el Sintagma, mi profesor de Lengua, que había estado dándonos la vara con los elementos de la comunicación: emisor, receptor, código, mensaje… Sonreí al pensar en el mote que tenía, Sintagma. Desde luego, le pegaba estupendamente, porque Ricardo, que era como se llamaba en realidad, se pasaba las clases hablando de sintagmas nominales y verbales, de morfemas y lexemas, aunque nadie entendiera un rábano de lo que decía.

–¿De qué te ríes? –preguntó, sin perder en ningún momento el tono jovial de la conversación.

–Nada, tía. Me río porque a veces pienso que has equivocado la profesión. En vez de trabajar en una mercería deberías ser psicoanalista.

–¡Menuda ocurrencia!

–En el instituto nos fríen con miles de tareas, ya lo sabes. Nos tratan como si fuéramos esclavos. No tengo tiempo ni de comunicarme conmigo mismo.

–Ya, ya…

En menos de media hora había contado lo del secuestro, con todo lujo de detalles, incluida la persecución con el taxista. Mi tía Adriana asistió como una estatua muda a la declaración. Cuando salimos a la calle me pasó un brazo por los hombros.

–Estoy orgullosa de ti.

–Pues yo creo que estos policías son un poco estúpidos. Supongo que te habrás dado cuenta de que parecían más interesados en mi vida que en lo que sucedió anoche en El Cabañal. Que si cómo se llaman mis padres, que dónde estudio, que a qué me dedico los fines de semana…

–Bueno, eso es lo de menos –aseguró retirando el brazo de mis hombros y enlazándome por el codo, igual que una novia–. Lo importante es que hayas dicho lo que pasó y les hayas facilitado la matrícula del vehículo. Ahora, olvídate de todo esto y céntrate en los estudios.

Hacía buen tiempo, así que decidimos dar un paseo hasta la mercería mientras hablábamos. Faltaba todavía una hora para que mi tía Adriana comenzara a trabajar. Me gustaba estar con ella. Era seis años más joven que mi madre y a veces me parecía que se comportaba no como una tía o una madrina, sino como una hermana mayor. Estaba a punto de cumplir los treinta y cinco, pero su cuerpo parecía el de una mujer de veinte. Tenía el pelo castaño y los ojos grises y expresivos, igual que mi madre. Y era bastante guapa. Todavía tenía tiempo de rehacer su vida. Ella procuraba no hablar nunca de mi tío Pascual, supongo que para evitar recuerdos dolorosos, y yo intentaba no sacar nunca ese tema.

Mi tía hablaba de sus amigas, de sus compañeras de trabajo, de las manías de los clientes. Tenía una gracia especial para contar cualquier anécdota y yo me sentía bien viéndola reír.

Cuando llegamos a la puerta de la mercería faltaban cinco minutos para las cinco. Se nos había ido el tiempo sin darnos cuenta.

–¿De veras te gusta este trabajo, tía?

Ella me contempló con ojos divertidos.

–Me gusta tratar con la gente. Eso me ha ayudado mucho –dijo en alusión a su reciente viudedad–. Eso y el que tú hayas venido a vivir conmigo, claro –sonrió–. Me siento viva. Además, a la gente le gusta compartir sus problemas. Es una buena terapia lo de escuchar a los demás. Así se da uno cuenta de que todo el mundo tiene desgracias. Ya sabes aquello de que mal de muchos, consuelo de tontos…

Tuve que reír ante aquella conclusión de mi tía y darle la razón.

–Bueno, dame un beso –me pidió antes de meterse para adentro.

Le di un beso y la vi entrar en la mercería. Luego, comencé a caminar sin saber muy bien adónde ir.

Inocentemente, pensé que alguien se pondría en contacto conmigo para comunicarme cualquier asunto relacionado con mi declaración y recordé a los policías que me habían atendido… Pero los días pasaban y no sucedía nada. Estuve pendiente también de la prensa. En el bar que había debajo de mi casa tenían siempre el periódico del día a disposición de los clientes. Yo conocía al camarero, un chaval joven de veinte años, con el que había hablado alguna vez de fútbol y de juegos de consola. Me dejaba echar una ojeada al periódico aunque no consumiera nada.

No conseguía averiguar qué había pasado con mi denuncia. ¿Habría entrado la policía en La Rosa Negra y habría detenido al tipo del furgón blanco? ¿Cómo saber algo al respecto? Me asaltó la idea de que los agentes de la ley habían archivado mi declaración sin hacer absolutamente nada.

Solo había una forma de averiguarlo.

Cogí el teléfono y marqué el número de Clara.

–Esta noche tenemos trabajo –dije por todo saludo–. Y del bueno.

–¿Sabes que acabas de sacarme de un sueño maravilloso?

No hice caso de su comentario.

–¿Puedo contar contigo?

–Tienes el don de la inoportunidad. ¿Nadie te lo había dicho antes?

–¡Clara! ¡Estoy hablando de algo muy serio! ¿Te acuerdas de que la semana pasada presencié un rapto?

Por unos instantes, solo oí el silencio. Parecía que Clara se hubiera evaporado de repente. Pensé en la posibilidad de que alguno de los dos móviles se hubiese quedado sin batería.

–¡Clara! ¿Sigues ahí?

–Estoy aquí, claro.

Le recordé lo de El Cabañal.

–Creo que la policía no ha hecho caso de mi denuncia. Estoy todos los días pendiente de las noticias y en ninguna parte han dicho nada. Ni siquiera en Internet. Si hubiera habido una detención, me habría enterado de alguna manera.

–¿Y qué se te está ocurriendo?

–Tenemos que ir esta noche a La Rosa Negra.

–¿Te das cuenta de lo que me estás pidiendo, Sergio? Esto no es ninguna novela de esas que tú lees. Esto es la vida real.

–¿No quieres descubrir cuál es el misterio de esa casa? ¿Y no te apetece saber si el tipo del furgón blanco sigue libre o ha sido detenido?

–Lo que me apetece es tocar el piano.

–Pues en ese caso iré yo solo.

Y colgué. Pero al momento sonó el móvil.

Era ella.

–¿Sí?

–Eres un grosero.

–¿Eso quiere decir que sí me acompañas?

–Eso quiere decir que eres un grosero. Y solo te acompañaré si me pides perdón.

No tenía escapatoria. Suspiré, resignado.

–Está bien. Perdóname. Soy un grosero y un imbécil, pero me gustaría que me acompañaras. ¿Puedo contar contigo?

–Lo pensaré.

Capítulo decimosexto

EL mes de noviembre daba sus últimos estertores. Hacía una noche fría aquel sábado y en el aire nocturno se olía la proximidad del invierno. Por fortuna, el cielo estaba presidido por una luna grande y redonda, cuya luz vertía sobre la huerta una claridad sulfúrea que permitía distinguir contornos con cierta nitidez.

Eran las doce de la noche cuando llegamos a la tapia que bordeaba La Rosa Negra.

–Muy bien, señor detective –observó Clara en tono burlón–. Ya estamos aquí. ¿Cómo subimos? ¿Vamos a hacer otra vez el numerito circense del otro día?

Yo había tenido la precaución de coger una mochila en la que metí lo que consideré que podía sernos de utilidad.

–No. Hoy toca hacer un numerito de alpinistas.

Y sin añadir nada más, abrí la mochila y extraje una cuerda de cáñamo de unos diez metros. Hice un nudo corredizo, comprobé su trabazón y lancé la soga hacia la rama del árbol, tratando de enlazarla, pero no fui capaz de conseguirlo ni al primer ni al segundo ni al tercer intento.

–Trae *p´acá* –dijo Clara.

Lanzó la cuerda y a la primera consiguió que la soga cayera por el otro lado de la rama, ajustó el nudo corredizo y me entregó el cabo de la cuerda con una sonrisa irónica.

–Usted primero.

Cogí la cuerda y, de la misma manera que había visto hacer en algunas películas, subí apoyando los pies en la tapia. No resultó tan sencillo como parecía. Una vez arriba, oteé hacia la mansión y comprobé que todo reposaba en el más completo silencio.

No tuve tiempo de jalear a Clara. Cuando me di la vuelta para decirle que podía subir sin problemas, me di de bruces con su cara. Había subido sin que me percatara, mientras yo oteaba el peligro.

Nuestros rostros se habían aproximado con aquel movimiento imprevisto. Estábamos tan cerca que podíamos sentir nuestros alientos. A la luz de la luna, las facciones de Clara refulgían con una belleza arrebatadora. Sus ojos estaban fijos en los míos, igual que los de un animalillo indefenso. La sonrisa irónica de unos momentos atrás había desaparecido de su semblante.

–No tengas miedo. Estás conmigo –dije, haciéndome el valiente.

–Precisamente por eso. No tengo miedo sino pánico.

Le cogí la mano para insuflarle ánimos. La noté fría como un témpano de hielo polar.

–¿Vamos? –susurré.

Ella asintió en silencio.

Nos deslizamos por el árbol hasta el suelo. De nuevo volvió a invadirnos la sensación de estar profanando un cementerio abandonado. El bosque de árboles que nos rodeaba, bajo la claridad lechosa de la luna, parecía una selva fantasma. Avanzamos con cuidado de no meter el pie en un agujero, ni de tropezar con las ramas y raíces que salían a nuestro paso, como reptiles muertos, sin perder de vista el caserón que se alzaba allá al fondo, detrás de las copas de los árboles.

Llegamos hasta la estatua negra, al pie de la escalinata, y advertí una anomalía que me hizo sentir un estremecimiento.

–¡Observa la estatua, Clara!

Clara se había quedado aterrada, igual que yo. Recordé que la vez anterior la estatua tenía el rostro ligeramente ladeado hacia la derecha, algo inclinado, al mismo tiempo que levantaba un poco la mano derecha y abría los dedos en actitud un tanto suplicante. Ahora tenía un gesto menos piadoso. La figura erguía la cabeza y el dedo índice de su mano derecha señalaba hacia el cielo oscuro. La boca se había curvado en una mínima sonrisa.

Clara se aferró a mí, temblando.

–¡Esto es imposible! –exclamó–. A menos que se trate de otra estatua.

Yo no sabía qué pensar.

–Creo que lo mejor será que nos larguemos –sugirió ella.

–¿Ahora? ¡Ni lo sueñes!

Olvidándome de la estatua, eché a andar hacia el caserón, seguido de Clara. Bordeamos el edificio mientras tratábamos de descubrir una luz o una voz en cualquier parte, pero, al parecer, allí no había nadie o, si lo había, estaría durmiendo.

Llegamos a la zona trasera. Caminábamos despacio, como sombras furtivas, temiendo en cualquier momento hacer un ruido inoportuno o que saltara una alarma. O peor aún, que apareciera de repente el simio y nos envolviera con una manta.

A la luz de la luna contemplamos el extraño jardín. Llegamos hasta el sauce y descubrimos, aterrados, que todas las hojas del árbol goteaban. ¿Era posible que alguien hubiera regado el jardín con un aspersor momentos antes? ¿Había llovido únicamente en aquel lugar?

–¡No lo entiendo! –dijo Clara–. La tierra está seca. Aquí no ha regado nadie en años. Y que yo sepa, hace también un montón de días que no llueve.

Eran gotas de agua, pequeñas, frías. Como lágrimas.

Me incliné sobre unas rosas negras. Olían a muerte, igual que las flores de los funerales o los cementerios.

Por un momento pensé que las rosas negras se alimentaban con las lágrimas del sauce.

–Deberíamos irnos, Sergio –suplicó Clara–. Esto no me gusta nada.

Acaricié la idea de hacerle caso porque aquella historia nos desbordaba. Ni nos iba ni nos venía. Lo único que podíamos conseguir eran problemas.

Sin embargo, había algo que me tenía completamente ofuscado. La posibilidad de descubrir por mi cuenta qué era lo que se cocía en aquella mansión, plagada de misterios sin resolver.

–Espera. Podríamos echar un vistazo.

–¿A qué?

–A la casa.

–Ni lo sueñes.

–Está bien. Espérame en el árbol de la salida.

–¿Y tú qué vas a hacer?

–Ya te lo he dicho. Voy a ver si puedo entrar en la casa.

Y sin añadir nada más, eché a andar hacia la mansión. Clara se pegó a mi lado. La sombra que proyectaba la tapia nos protegía. Volvimos a bordear el edificio tratando de encontrar un sitio por el que entrar. Descarté trepar por la pared, como la vez anterior, porque el balcón se veía cerrado. Llegamos hasta la portezuela lateral, por la que habíamos visto desaparecer al simio la primera noche cargado con el fardo misterioso. La puerta no era muy grande. La empujamos, esperando que estuviera atrancada, y comprobamos, sorprendidos, que la habían dejado abierta. Miré a Clara a través de la oscuridad que nos envolvía y le hice un gesto revelador: iba a entrar. Ella negó con la cabeza, los ojos espantados. Le indiqué sin hablar que me esperara en el árbol. Clara dudó. Finalmente, masculló algo ininteligible –una maldición o un conjuro– y asintió sin mover los labios.

Abrimos la puerta. La oscuridad más absoluta se cernió sobre nosotros. Llevaba una pequeña linterna en la mochila, pero no me atrevía a sacarla porque su luz podría delatarnos. Avanzamos, pues, a tientas, sin saber dónde nos metíamos, palpando en las paredes y poniendo mucho cuidado en cada paso que dábamos.

Tardamos una eternidad en llegar a un espacio más ancho, algo así como un rellano interior. A la derecha continuaba el pasillo, que desembocaba en una escalera estrecha, hacia abajo, y al pie de esa escalera había una puerta por cuya ranura inferior se colaba una luz delgadísima. Fue en ese momento cuando oímos unas risas apagadas y una voz metálica que hablaba en un idioma desconocido.

Al mismo tiempo que escuchábamos aquella voz, de la que no entendíamos nada, sonaban ruidos de hierros o cadenas.

Era evidente que al otro lado de la puerta estaba teniendo lugar un ritual extraño. Clara y yo observamos que había un pequeño pasillo a nuestra izquierda. Entramos en él. Subimos tres peldaños y desembocamos en un espacio que tenía una especie de tragaluz.

Antes de asomarnos por aquel ventanuco, empezamos a percibir un olor nauseabundo.

Nos miramos horrorizados. Olía a carne en estado de descomposición.

–¡Escucha! –me susurró al oído.

Hasta nosotros llegaba un sonido extraño. Parecían chillidos.

–Deben de ser ratas –aventuré.

–Voy a ponerme a gritar si no nos largamos ahora mismo –susurró Clara, y supe que no hablaba en broma.

–Aguanta solo un poco más.

–No puedo. ¡Es insoportable!

Era como si nos encontráramos encima de una fosa común o algo parecido. Cerca de nosotros debía de haber cuerpos pudriéndose, de otro modo no podía explicarse aquel hedor insoportable. Y era posible que hubiera miles de ratas no demasiado lejos, tal vez bajo nuestros pies.

Intenté tranquilizarla con un gesto antes de asomarme por el pequeño tragaluz de la pared.

Lo que vi me dejó traumatizado.

Era una especie de sótano sin ventanas al exterior, similar a la mazmorra de un castillo medieval. De las paredes colgaban varias antorchas que emitían una luz fantasmagórica sobre un sinfín de máquinas extrañísimas. Yo no había visto jamás algo tan macabro. Ni siquiera podía imaginarlo. Los artefactos diabólicos disponían de hierros, poleas, cadenas, pinchos… El lugar tenía toda la pinta de ser una cámara de los horrores de la época de la Inquisición.

En el centro de aquel sótano yacía un hombre encadenado a cinco postes, dispuestos alrededor de él como una estrella de cinco puntas. Las cadenas lo atenazaban por el cuello, las muñecas y los tobillos. El infeliz se hallaba en el suelo, de cara al techo, abierto de brazos y piernas, igual que el famoso hombre de Vitruvio de Leonardo da Vinci. Ante él, de pie, se destacaba el individuo cuyo rostro había visto en la ventana de la mansión el día que el simio salió en mi persecución. Alto, delgado, pálido, embutido en un traje negro. Parecía un cadáver salido de una tumba. Su rostro era demoníaco. Él era el que hablaba en aquel idioma incomprensible. Supuse que se trataba de Otto Niemetschek.

Borivoj se encontraba detrás del poste que encadenaba a la víctima por el cuello. El desdichado era un inmigrante de raza negra y su cara no podía reflejar mayor horror. Intuí que aquel infeliz era el protagonista del rapto que presencié días atrás en El Cabañal.

A una orden de Niemetschek, el simio dio una vuelta a la manivela y la cadena del cuello se tensó tanto que por un momento pensé que le iban a arrancar la cabeza.

Clara tiró de mi brazo, dándome a entender que no podía resistir más en aquel lugar. Hedía a carne putrefacta y se oían, cada vez más inequívocos, los chillidos de las ratas, pero yo no estaba dispuesto a irme sin saber cómo terminaba aquello. Me aparté y la invité a asomarse. Lo hizo a regañadientes. Nada más asomar los ojos por el agujero se puso rígida y apartó la cara, llevándose la mano a la boca para sofocar un grito de horror.

Volví a mirar y comprendí.

El mayordomo había tensado la cadena correspondiente al brazo derecho hasta tal punto que había conseguido arrancárselo. Los gritos de la víctima eran terribles, pero cuanto más gritaba, más reían Niemetschek y su ayudante. El pobre hombre se desangraba y gemía con desesperación.

El doctor Niemetschek gritó algo ininteligible y Borivoj comenzó a tensar la cadena del brazo izquierdo.

Aparté la cara de la ventana, incapaz de seguir presenciando aquella carnicería. Empezaba a marearme y sentía deseos de vomitar. Tenía que controlar mis náuseas o acabaría echando la papilla allí mismo.

Con un movimiento de la cabeza, le di a entender a Clara que debíamos marcharnos cuanto antes. Ella asintió.

Deshicimos el camino, mientras sonaban a nuestras espaldas las carcajadas demoníacas de Niemetschek mezcladas con el chillido de miles de ratas sonando por todas partes.

–Creo que voy a desmayarme –me susurró Clara.

Al oír aquello palidecí. A pesar de la oscuridad que nos envolvía, pude apreciar que tenía la cara blanca como la cal.

El hedor era repulsivo.

–Aguanta un poco más. Ya salimos.

Llegamos a la portezuela trasera. Fue una bendición volver a contemplar la luz de la luna y sentir de nuevo el aire frío de la noche. Aceleramos el paso, con ánimo de largarnos de allí cuanto antes, pero todavía nos esperaba la última sorpresa.

De súbito, una sombra salió de entre el follaje de árboles, cortándonos el paso.

¡Era la estatua de mármol negro!

Clara dio un grito y una lechuza salió volando de una rama. Aquello no podía ser real. Debíamos de estar sufriendo alguna alucinación. ¡La estatua había cobrado vida! ¡Se erguía delante de nosotros y tendía sus marmóreos brazos!

Clara perdió el conocimiento y cayó al suelo. Observé, atónito, que la estatua se inclinaba y con delicadeza posaba sus dedos de piedra sobre el rostro de Clara. Me pareció que acariciaba sus facciones. Luego, se puso de pie y se acercó a mí, con los brazos tendidos. Lo último que recuerdo fue la mirada de aquel rostro de mármol negro iluminado por la claridad espectral de la luna.

Capítulo decimoséptimo

CUANDO recobré el sentido no sabía dónde estaba ni qué había ocurrido. Me hallaba en una habitación blanca y desconocida, y tenía goteros enchufados en la muñeca.

Alcé la cabeza un poco y comprobé que me dolía tremendamente.

Mi tía Adriana dormitaba en una silla. Quise decir su nombre, pero no me salía la voz.

Me quedé unos momentos como adormilado, tratando de recordar. Había sufrido pesadillas en las que aparecían ratas, descuartizamientos, calabozos oscuros y estatuas vivientes. ¿Había sido un sueño o una experiencia real? En ese instante entró una enfermera y se acercó a la cama. Me sonrió solícita. Le pregunté con los ojos, porque no era capaz de hablar, y ella me dijo con un tono muy suave que lo peor había pasado. No supe de qué me hablaba.

Mi tía se despertó al oír susurros y vino hasta el lecho. Al verme con los ojos abiertos, casi se puso a llorar, emocionada.

–Ya se lo dije –comentó la enfermera–. Es un chico fuerte.

Mi tía le brindó, agradecida, una sonrisa. Estaba visiblemente preocupada por mi salud.

–¡Sergio! ¿Cómo te encuentras?

La enfermera comprobó los niveles del gotero, aprobó con un movimiento de cabeza y salió, cerrando la puerta.

–¿Qué ha pasado?

–Eso es lo que quiero que me cuentes. Cuando esta mañana me llamaron del hospital, creí que el mundo se me caía encima.

Por más esfuerzos que hacía no recordaba nada.

–Os encontraron los barrenderos del ayuntamiento esta mañana, tumbados en la hierba de los jardines del río, inconscientes. Llamaron al SAMU y os trajeron al hospital a ti y a esa chica que estaba contigo.

–¡Clara! –grité–. ¿Dónde está Clara?

–Está en otra habitación, como tú. ¡Por Dios, Sergio! ¿Puedes decirme qué es lo que tomasteis anoche? ¡No tengas miedo de contarme la verdad! ¿Quién os vendió la droga?

Quise incorporarme, pero me dolía el cuerpo entero. Debían de haberme lavado con lejía todas las vísceras.

–No es nada de drogas, tía. No sé qué pudo ocurrir.

Mi tía me miró, intranquila.

–¿Has llamado a mis padres?

–Todavía no. No quiero asustarlos. Esperaremos un poco, para ver qué dicen los médicos.

Me encontraba fatal. Mi tía me cogió la mano y me transmitió todo su amor sin necesidad de palabras. Cerré los ojos y se me apareció el rostro de Clara.

Volví a dormirme soñando con ella.

Dos días más tarde nos dieron el alta a Clara y a mí. Las instrucciones de los médicos eran precisas: dieta blanda y observación durante una semana. El tratamiento nos había dejado para el arrastre. Ambos fuimos interrogados por la policía y por los médicos del hospital, pero no pudimos aclararles nada. Los análisis de sangre eran reveladores. Según las pruebas, ambos habíamos ingerido una excesiva cantidad de sustancias derivadas del opio.

Fueron días extraños. Al final, después de ver que no decíamos más que incoherencias de estatuas que cobraban vida y cementerios a la luz de la luna y sótanos medievales con máquinas de tortura y descuartizamientos, tanto los médicos como mi tía y el padre de Clara decidieron que lo mejor sería pasar página y olvidarse del asunto. Nadie nos tomó en serio. Ni siquiera la policía.

La teoría que prevaleció finalmente fue la de que habíamos ingerido alguna sustancia tóxica sin darnos cuenta. Gracias a nuestro inmaculado currículum, fuimos declarados inocentes. Unos y otros coincidían en que alguien nos debía de haber echado unas pastillas en la Coca-Cola. El mundo, según decía el médico que nos dio el alta, está lleno de gentuza.

Clara y yo regresamos a la vida normal.

Mi tía suavizó hasta donde pudo aquella extraña historia cuando habló con mis padres, que vinieron a vernos el fin de semana desde Zaragoza.

Pasé el sábado y el domingo sintiéndome observado, lo mismo que un ratón en un laboratorio. Mi padre y mi madre me preguntaban por todo: el instituto, los compañeros, la ciudad, mi vida con la tía Adriana... Yo decía a todo que sí y procuraba tirar balones fuera para no entrar en demasiados detalles.

Mis padres regresaron a Zaragoza y mi vida volvió a la rutina. Clara y yo nos centramos en el curso. Habíamos faltado al examen de Matemáticas, pero Pepinillo nos dijo que estuviéramos tranquilos, que nos iba a repetir la prueba la semana próxima y que no hacía falta que le trajéramos ningún justificante. Todo el mundo en el instituto sabía de nuestro ingreso en el hospital.

La noticia corrió más rápida que la pólvora y algunos compañeros no dudaron en considerarnos un par de drogadictos.

El Quincalla y sus coleguillas, que siempre andaban planeando broncas y negocios turbios, se me acercaron el jueves a la hora del patio y me preguntaron si quería probar «la anchoa».

Los miré como si fueran una panda de cretinos y no me molesté en responderles.

El Quincalla pensó que me hacía el duro y soltó una risa de matón de barrio que fue imitada por los dos idiotas que lo seguían, Navarro y Ballester.

–¿Qué pasa, tronco? –me espetó en plan colega–. Estoy seguro de que no has probado una anchoa igual que esta en tu vida.

Me puse de pie. El Quincalla era alto y fuerte como un toro de lidia, pero yo le sacaba medio palmo.

–Mira, José Antonio –preferí llamarle por su nombre de pila para evitar cualquier acercamiento a su jerga de camello de segunda–. No quiero anchoa ni bacalao ni sardina. Y si no me dejas en paz vas a probar el chuletón de ternera lechal.

Los tres abandonaron la estúpida sonrisa al instante. La mueca de asesino que esgrimí debió de acabar de convencerlos. Los vi marcharse sin volver la cabeza, en busca de otro cliente. La ferretería ambulante del Quincalla sonaba como una olla llena de calderilla.

Unos días más tarde me sentía completamente restablecido. Ni Clara ni yo volvimos a hablar del tema de la mansión La Rosa Negra, ni siquiera se nos pasó por la cabeza la idea de denunciar lo que habíamos visto. Además, ya habíamos hablado con algunos policías en el hospital para contarles todo lo que nos pareció haber descubierto en aquella mansión.

El extraño ingreso hospitalario, la droga que encontraron los médicos en los análisis de sangre, tanto de Clara como de mí mismo, todo aquello resultaba demasiado perturbador. ¿Qué había ocurrido realmente? ¿Habíamos visitado la casa del doctor Niemetschek o todo era producto de una pesadilla? ¿Era posible que hubiéramos tomado drogas sin saberlo y hubiéramos alucinado como vulgares consumidores de estupefacientes?

Muchas veces, durante aquellos días, volví a pensar en todo ello. Y era como dar vueltas en espiral, una y otra vez, de manera mecánica e inútil. Siempre volvía al mismo punto de partida. ¿Qué había sucedido en aquella extraña mansión?

Me había sentado en un parque con un libro, pero no me apetecía leer, sino contemplar a la gente que iba y venía, meditar en mis cosas, dejarme llevar por el vaivén de la indolencia.

¿Y si acudía a la policía? Estaba convencido de que no se habían tomado en serio lo que Clara y yo revelamos en medio de nuestras pesadillas durante la convalecencia. Debieron de considerarlo alucinaciones causadas por las drogas. ¿Qué podía declarar? ¿Cómo podía decir que había descubierto una mazmorra donde descuartizaban a la gente y un jardín con estatuas vivientes?

¿Algún policía creería mis palabras? ¿O me encerrarían en un psiquiátrico?

Las ideas fluían como burbujas por mi cerebro. Comencé a caminar sin rumbo, abstraído en mis pensamientos. Por mi cabeza desfilaban sin orden ni concierto los personajes de aquella delirante trama, y finalmente me detuve en Carlos Buendía. La historia que me había contado parecía sacada de un libro de ciencia ficción y yo no me había molestado en rastrearla.

De pronto se me ocurrió que podía buscar información al respecto. ¿Cómo no lo pensé antes?

Había empezado a llover, por lo que tuve que coger un bus. Cuando entré en casa, encontré a mi tía de tertulia con dos amigas, tomando café y pastas. En la radio sonaba un villancico de Bing Crosby, *Blanca Navidad*. Solo entonces caí en la cuenta de que se acercaban las vacaciones.

–Sergio, ¿por qué no te sientas con nosotras? ¿Conoces a mis amigas? –me acerqué a saludar–. Son Elisa y Ruth.

–Encantado de conocerlas –dije mientras las besaba–. Me encantaría, pero no puedo, tía.

–¡Este sobrino mío es un erizo!

Las dos amigas sonrieron.

–Quizás en otro momento –me excusé amablemente.

Me metí en mi cuarto. Encendí el ordenador y tan pronto como estuvo operativo tecleé «Bárbara de Montalbán».

Según se explicaba en Wikipedia, había nacido en 1965, en el seno de una familia de clase alta, y desde pequeña destacó por sus aptitudes para el canto, el baile y los deportes. Fue subcampeona nacional de natación con tan solo doce años. En 1979 se presentó a unas pruebas de Televisión Española para conducir un programa infantil sobre temas científicos de la misma productora que había creado Barrio Sésamo. Bárbara fue seleccionada junto a otros tres jóvenes, y en ese momento comenzó una espectacular carrera en televisión que le permitió dar el salto al cine a los quince años. Su primera película, de 1980, se tituló *El último día de mi vida*. Bárbara siguió trabajando en programas de máxima audiencia televisiva, pero el cine volvió a llamar a su puerta. A los dieciséis años protagonizó la película *La libélula verde,* a la que seguirían otros títulos de notable éxito a las órdenes de directores como José Antonio de la Loma o Pedro Masó. Con solo veinte años, contrajo matrimonio con Otto Niemetschek y decidió abandonar su carrera artística. Aquel retiro voluntario de la escena pública, en plena juventud, cuando se hablaba incluso de su posible salto al cine norteamericano, causó revuelo en todo el país.

A partir de ese instante, la figura de Bárbara de Montalbán entró en una fase de oscurantismo. Poco o nada se supo de su vida conyugal. Niemetschek era un neurocirujano brillante que viajaba por todo el mundo dando conferencias y espectáculos sobre sus métodos revolucionarios, que algunos denostaban por considerarlos cercanos a la magia. El 7 de mayo de 2002, la mansión en la que vivían el doctor Niemetschek y Bárbara de Montalbán fue asaltada y quemada. En el incendio perecieron la propia Bárbara y sus tres hijas. En el momento de su muerte contaba treinta y siete años.

Busqué en Imágenes y contemplé el rostro de Bárbara de Montalbán, ovalado, perfecto, los hoyuelos en la barbilla, los ojos verdes, el cabello rubio como el oro… El rostro de la estatua negra.

Capítulo decimoctavo

EL día que nos dieron las notas, Clara no acudió al instituto. Era el último día de clase antes de las vacaciones. La llamé al móvil y, ante mi sorpresa, cuando descolgaron, oí la voz de su padre. Me comentó que su hija estaba indispuesta y me rogó que, si era tan amable, recogiera las notas en su nombre y se las llevara.

La tutora era la profesora de Física y Química, a quien llamábamos Sor Potasia porque parecía sacada de un convento del siglo XIX y jamás se reía, ni siquiera con las payasadas de Navarro, que andaba a todas horas embutido en sus camisetas de Black Sabbath y haciendo el ganso. Caminaba erguida como una institutriz inglesa, sin doblar las rodillas, la mirada torcida en una mueca de desconfianza permanente hacia el mundo. Tenía un aire severo y estirado.

Sor Potasia no puso ningún reparo a entregarme las notas de Clara.

–Felicítala de mi parte –dijo sin mover un músculo de su cara granítica–. Y tú, a ver si espabilas un poco. Has suspendido dos asignaturas. Como no cambies de actitud y empieces a hincar los codos, te vas a pasar la vida limpiando letrinas para poder comer.

Le di las gracias por sus consejos y me marché antes de que sus pullas me hundieran en la miseria.

Encontré a Julia y a Soraya a la salida. Me acerqué hasta ellas, escondiendo mis notas. No me apetecía airear mi mediocridad. Sin que le preguntara nada, Julia sacó el boletín y me lo puso delante de la cara.

–¡Cinco sobresalientes y cuatro notables! –gritó, eufórica.

No tuve más remedio que admirar sus calificaciones y felicitarla, sonrisa incluida. Me vi en la obligación de preguntarle a Soraya, que permanecía en segundo plano, atenta a mis reacciones.

–¿Y tú?

Soraya no cambió la expresión asustada de su cara. Me alargó el papel sin decirme nada.

¡Aquella mosquita muerta había sacado nueve sobresalientes!

–¡Enhorabuena! –exclamé, muerto de envidia.

Le devolví el papel y traté de escurrir el bulto, pero Julia no estaba dispuesta a dejarme ir así como así.

–¿Y a ti qué tal te ha ido?

–¿A mí? Pues bien. Bueno, comparado con vosotras…

No tuve más remedio que mostrarlas. Me di cuenta de que Julia procuraba disimular la decepción. Soraya pareció no inmutarse.

–No están mal –manifestó Julia con una sonrisa forzada.

Volví a mirar mis notas, aunque ya me las sabía de memoria.

–No están mal –repetí, desalentado–, teniendo en cuenta que solo me han suspendido en Inglés y en Física, y que la nota más alta es un seis en Educación Física. ¡Menudo futuro!

–Eso ha sido porque aún no te has hecho del todo a la ciudad, al instituto, al ambiente de aquí… Necesitas adaptación. Eres «el nuevo», ¿recuerdas?

–Vaya, creí que ahora en la clase me llamaban el Llanero Solitario.

–Pero sigues siendo un recién llegado. Tranquilo, todo mejorará en la segunda evaluación. Ya verás.

Dije que tenía prisa y las dejé. No deseaba seguir hablando de mis calificaciones ni de mi adaptación a la nueva vida. No hacía otra cosa que pensar en el grito que iba a proferir mi tía cuando viera aquella bazofia de notas.

Ismael salió a recibirme ataviado con un traje oscuro, el ademán serio aunque cordial. A pesar del amago de sonrisa con el que me dio la bienvenida, aprecié cierto aire de fatiga en su porte.

–Pasa, Sergio. Es un placer volver a verte.

La casa estaba en penumbra y olía a limpio. En alguna parte debía de haber un ambientador de esos que esparcen olor a flor de lavanda. En tanto me hacía pasar al comedor, pude comprobar que en aquella vivienda reinaban la pulcritud y el orden. Había pocos muebles y pocos adornos inútiles.

–¿Te apetece algo?

–Pues, no sé…

–Iba a preparar una infusión. ¿Te animas?

–Estupendo.

Ismael me invitó a tomar asiento alrededor de la mesa camilla del comedor. El brasero estaba encendido y lo agradecí. Mientras él preparaba las infusiones en la cocina, aproveché para admirar de nuevo la estancia. El piano ocupaba una de las paredes. Era un Yamaha negro. Sobre él descansaba el pequeño búcaro de cristal que contenía una preciosa orquídea blanca. En la pared, volví a admirar la foto de Clara con nueve o diez años. A través de la entreabierta ventana del balcón y de los tules blancos que colgaban a modo de cortina, podía observarse un trozo de calle. Desvié los ojos hacia el retrato de la madre de Clara, aquella mujer que había muerto en la flor de la vida durante el parto. Examiné su rostro un buen rato, atrapado por la fascinación que provocan los retratos de los que ya no existen y tratando de encontrar en vano algún parecido con su hija.

Ismael regresó con una bandeja, que depositó sobre la mesa. Sirvió la infusión en las tazas y me acercó el azucarero.

–¿Cómo está Clara?

Ismael esbozó una sonrisa críptica.

–Bien. Descansando.

No dijo nada más y yo me quedé con ganas de saber qué era lo que le ocurría. Él debió de adivinar mis pensamientos.

–A pesar de lo que parece, es una chica con una salud muy frágil.

Aquello me pilló por sorpresa. Clara daba siempre muestras de una gran vitalidad.

–Cualquiera diría lo contrario.

Ismael hizo un gesto de fatiga. Creí percibir que sus ojos negros y penetrantes se empequeñecían. Dio un suspiro antes de hablar.

–¿Has traído sus calificaciones?

–Ah, sí, perdone –las llevaba dobladas en el bolsillo interior de la cazadora; las desplegué y se las alargué.

Mi anfitrión se colocó unas gafas de aumento y leyó con interés. Volvió a sonreír.

–No están nada mal.

Y tanto. Yo había tenido ocasión de verlas. Siete sobresalientes y dos notables. Un cerebrito.

Ismael de pronto se puso serio, como si se acabara de acordar de un asunto grave. Se quedó analizándome con aire severo.

–Sergio, me gustaría preguntarte algo.

Me puse rígido.

–Se trata de lo que sucedió cuando ambos fuisteis ingresados en el hospital… Yo confío plenamente en mi hija y supongo que tú también eres un buen chico. Mi hija siempre me ha hablado muy bien de ti.

No supe si darle las gracias o guardar silencio. Opté por lo segundo.

–Os hicieron análisis de sangre. Era evidente que habíais tomado drogas, pero Clara me ha jurado que no probó nada, y la creo. Al menos, de forma consciente. ¿Tienes tú algo que decirme?

–Señor Rovira, le aseguro que yo estoy tan asombrado como usted y como Clara. Y como todo el mundo. Jamás he tomado ninguna sustancia rara. Se lo prometo.

Ismael y yo nos miramos de hito en hito. Yo no sabía qué cara poner y él debió de darse cuenta de que me sentía fatal. Relajó los músculos del rostro y esbozó un gesto que tal vez podía confundirse con una sonrisa.

–Te creo. Es posible que alguien os pusiera una píldora en la bebida sin que os dierais cuenta. Sin embargo…

Tensé las orejas.

–Sin embargo, me preocupa lo que oí decir a Clara mientras dormía. Tuvo delirios. Habló en sueños de una estatua negra y de una mansión donde se celebraban rituales macabros…

Ismael Rovira dejó la frase inacabada y se quedó esperando mi reacción, pero yo tenía un nudo en el estómago, o en la garganta. O en el cerebro. O en los tres sitios a la vez.

No sé por qué lo hice, pero decidí no contar nada.

–Los sueños son siempre extraños.

Ismael apuró la infusión.

–¿Un poco más?

–Gracias.

Llenó otra vez las tazas y durante unos momentos guardamos silencio. Se oían amortiguados los ruidos que procedían de la calle. Voces, bocinazos lejanos, gritos. Ismael volvió a ponerse serio.

–Hace muchos años que dejé el trabajo. Cuando murió mi esposa, pensé que el mundo era injusto conmigo. Al principio no era capaz de aceptarlo. Pero poco a poco, mi hija fue llenando el vacío de mi esposa. La bauticé con el mismo nombre y pensé que, de alguna manera, la hija era una reencarnación de la madre. Quería ver la sonrisa y la mirada de mi esposa en los labios y en los ojos de mi pequeña Clara. Así fui soportando la soledad. El mío había sido un matrimonio tardío. Me casé con cuarenta y ocho años y enviudé a los cincuenta. Me había convertido en un padre solitario y cincuentón, con un bebé recién nacido que dependía completamente de mí. Pude buscar una niñera, pero preferí criar yo solo a mi hija. Me volcaría en ella. Dedicaría mi existencia entera a hacerla feliz. La vida me debía una oportunidad. Dejé el trabajo para siempre. Yo ejercía como psicólogo en el departamento de Neurología de la universidad. Tenía buena reputación, contactos, amigos, pacientes que me adoraban, el Hospital Clínico a mis pies, aunque nada de eso valía un comino sin Clara. Lo abandoné todo. Dejé el mundo. Me dediqué a vivir de mis ahorros y a cuidar de mi tesoro, la pequeña Clara. Me consagré a ella en cuerpo y alma.

Ismael hizo una breve pausa y aprovechó para tomar un pequeño sorbo de la infusión. Lo imité.

–Yo entendía bastante del mundo de los sueños. No en vano mi tesis doctoral versaba sobre el inconsciente. Sigmund Freud fue siempre uno de mis maestros. Los delirios, sobre todo cuando el individuo está sometido a un impacto emocional, obedecen a una tensión almacenada durante alguna experiencia traumática, incluso si esa experiencia ha tenido lugar a causa de la ingestión de estimulantes. No es habitual que una persona delire sin más. ¿Sabes dónde quiero ir a parar?

–Está hablándome de Clara.

–Por supuesto. Y de ti.

–¿De mí?

–En efecto. Como comprenderás, por mi profesión, conservo ciertos privilegios. Los delirios de mi hija me hicieron reflexionar. Pregunté sobre ti a los médicos que os estaban atendiendo. Y supe que tú también habías tenido las mismas pesadillas que ella. En tus delirios, también hablaste de estatuas vivientes, de mansiones con mazmorras, de cementerios... Demasiada casualidad, ¿no crees?

Me había quedado absolutamente bloqueado. Aquello sí que no me lo esperaba. Sin embargo, volví a hacerme el loco.

–No recuerdo nada.

En aquellos momentos oímos un quejido.

–Es Clara. Me necesita.

Se levantó y desapareció por el pasillo. Permanecí sentado, apurando la infusión sin prisa, haciendo tiempo, esperando que mi anfitrión regresara y me dijera algo más; pero los minutos pasaban con lentitud, uno tras otro, y el padre de Clara no regresaba ni daba señales de vida. Oí toques de campana de alguna iglesia próxima. A través de la ventana entreabierta del balcón, vi que comenzaba a oscurecer y se encendían las primeras luces de la ciudad.

Aguardé una hora.

Finalmente me levanté y, sin hacer ruido, me dirigí a la puerta. Desde allí, con el pomo en la mano, me volví hacia la casa. Se respiraba paz.

Me marché con la sensación de que Ismael y yo habíamos jugado una partida de ajedrez a la que le faltaba el movimiento de piezas final. Yo no le había contado todo lo que sabía y él tampoco me había dicho toda la verdad, ni en lo referente a Clara ni en lo referente a su vida.

Mientras bajaba a la calle, pensé que antes o después tendríamos que volver a vernos y jugar la partida definitiva.

Capítulo decimonoveno

Mi tía me acompañó a la estación de tren. En la calle se respiraba el ambiente navideño. La ciudad hervía de agitación. Luces, música, escaparates llenos de regalos. La gente iba y venía, los coches recorrían las grandes avenidas, el aire olía a castañas asadas, a churros, a buñuelos. Pasaban grupos de niños correteando y alborotando. En las esquinas se apostaban los vendedores de lotería o las floristas, que se dirigían a la gente con zalamerías.

Durante el viaje hasta Zaragoza no hice otra cosa que reflexionar sobre todo lo que me había sucedido últimamente. Llevaba un libro para leer en el tren, pero no era capaz de concentrarme en la lectura.

El mundo entero parecía feliz y yo estaba enfadado conmigo mismo. Veía venir el enfado monumental de mis padres por las notas, peor que mediocres. Me esperaban unas Navidades de aúpa.

Saqué el bocadillo que me había preparado mi tía Adriana: atún con aceitunas rellenas. Mientras miraba a través de la ventanilla, empecé a comérmelo sin prisa. Campos, pueblos, lejanas montañas, árboles dispersos en la llanura. Pensé en la Navidad. Cuando era niño me encantaba el ambiente de esta época del año. Tal vez mis recuerdos más hermosos se remontaban a las primeras Navidades de mi niñez, pero ahora me sentía un adolescente expulsado del paraíso de la infancia a patadas, alguien que tenía que hacerse adulto a la fuerza, a golpes.

Me comí el último trozo del bocadillo y eché un trago de agua del botellín que me había puesto mi tía en la mochila de viaje. Luego cerré los ojos y me quedé dormido. Cuando desperté estábamos entrando en la estación.

Mis padres me esperaban en el andén, los brazos en alto. Me abrazaron como si regresara de una guerra.

Estaba otra vez en casa, con mi familia y en mi ciudad. Pronto podría volver a ver a mis amigos. Me sentía de nuevo en mi ambiente, y sin embargo había algo que no me permitía ser feliz del todo.

Durante el resto del día me dejé llevar. Mis padres no pararon de preguntarme cosas y, contra todo pronóstico, no se alarmaron cuando vieron el desastre de notas. Ellos mismos me justificaron, achacando los malos resultados al cambio de instituto y a la falta de adaptación.

–Todo mejorará, cariño –me decía mi madre, que siempre fue muy comprensiva.

Esa noche me acosté pronto. Estaba fatigado con tantas emociones. Pero el sueño no quería aparecer. Había demasiadas incógnitas por despejar en aquel endemoniado jeroglífico que Clara y yo habíamos decidido resolver. Yo era joven y tal vez mal estudiante, sí, pero no era tonto. Siempre había sido bastante intuitivo y solía darme cuenta cuando me querían dar gato por liebre. O cuando me contaban medias verdades.

Algo no encajaba.

Recapitulé. El inspector Boltaña andaba detrás del asunto, era evidente. El día que nos sorprendió a Clara y a mí saltando la tapia de La Rosa Negra no pasaba por allí por casualidad. Rondaba la mansión. Tunde nos lo dijo de otra manera: «Un policía que tener raya en frente». Carlos Buendía sabía mucho más de lo que me había contado. Más que contar, lo que hizo fue desahogarse conmigo, echar toda la bilis que lo había estado envenenando. Pero el dolor de Buendía me había salpicado. Y además intuía que el pintor guardaba un as en la manga. Y otro tanto podría decirse de Ismael Rovira. ¿Qué ocurría en esa casa? ¿Qué le sucedía a Clara? Volví a recordar la extraña conversación con Ismael. Sus palabras me habían intrigado. La muerte prematura de su esposa, la jubilación anticipada, el apartamiento del mundo… Un psicólogo que trabajaba en el departamento de Neurología de la universidad…

Cuando me desperté era media mañana. Un sol de oro se colaba en la habitación a través de la ventana. Decidí aparcar aquella historia y vivir unas Navidades sin problemas, así que me vestí, desayuné y salí a la calle en busca de mis viejos amigos.

Las vacaciones de Navidad transcurrieron con normalidad. Comidas, cenas, regalos. Yo vivía en medio de aquel tumulto sin enterarme mucho de nada, pero de vez en cuando, a pesar de haberme propuesto lo contrario, mi cabeza se me iba una y otra vez al misterioso asunto de Otto Niemetschek y contaba los días que me quedaban para volver a ver a Clara.

El mismo día de Reyes tomé el tren de regreso. Mis padres me acompañaron hasta el vagón y se quedaron diciéndome adiós desde el andén. Mi madre no hacía más que darme consignas: pórtate bien, estudia mucho, no hagas enfadar a tu tía, come verduras, pescado, fruta… Yo le prometía que haría todo lo que me decía, mientras agitaba mi mano derecha.

Unos días después mi vida había vuelto a la normalidad. Regresaron las clases en el instituto y regresó mi convivencia con mi tía Adriana. Pero lo más maravilloso era el hecho de reencontrarme con Clara.

Recapitulé sobre la historia de La Rosa Negra y decidí dar un paso en mis investigaciones. El primero en la lista era Carlos Buendía. Tenía que volver a verlo y mantener una larga conversación con él.

Fue el siguiente sábado. El metro me dejó en una estación cercana a El Vedat, y desde allí hasta el chalé de Buendía tenía casi media hora andando. Me puse a caminar, decidido, por aquel escenario de urbanizaciones y pinos piñoneros creciendo por todas partes, mientras pensaba en mis cosas.

De pronto se paró un vehículo a mi lado.

¡Eran los mismos policías que me habían acompañado a la casa del pintor en mi visita anterior! Esta vez iba conduciendo el que tenía cara de oveja aburrida. El más simpático iba de copiloto y fue el que volvió a dirigirme la palabra. Al parecer era el portavoz del grupo.

–Hombre, pero si es nuestro viejo conocido.

–Hola –saludé lo más amablemente que pude.

–¿Vas a ver a tu amigo el pintor?

Asentí.

–Sube, anda. Te llevamos.

–No quisiera molestar.

–¿Qué dices? Tú no sabes lo aburrido que es esto de dar vueltas como una peonza por las urbanizaciones…

Diez minutos más tarde, el coche policial se detuvo ante el chalé de Buendía. Les di las gracias y los vi marchar sin mucho entusiasmo a seguir con la ronda. Miré en derredor y no encontré a nadie. La urbanización parecía desierta. Efectivamente, patrullar por aquellas calles debía de ser bastante aburrido.

Carlos Buendía me recibió perseguido por un cortejo de gatos. Al reconocerme, alzó los brazos en señal de cordialidad.

–¡Qué agradable visita!

Me hizo pasar al interior. Volví a admirar el museo en el que aquel hombre había convertido su casa. Cuadros, esculturas y plantas de interior cohabitaban como buenos amigos en estancias y escaleras. Los gatos se sentaron con nosotros. Uno de ellos se me puso encima de las rodillas y comenzó a ronronear como un cachorro mimoso. Era blanco y con motas grises.

–Vamos, Salomón. ¡Deja a nuestro invitado!

–No se preocupe. No me molesta.

Buendía sacó dos vasos de leche sin preguntarme nada.

–Me dijo que le gustaba la leche, ¿no?

No recordaba haber dicho eso en mi vida, pero le respondí que sí. Por lo menos, me gustaba más que el coñac.

–¿Y qué le trae por aquí? ¿Cómo va el trabajo? Espero que me lo enseñe cuando lo haya terminado.

Empecé a enrollarme como una persiana con la bola del trabajo sobre arte. Dije que la profesora estaba bastante contenta con el borrador que le presenté, pero que todavía faltaban algunos detalles y que por esa razón me había animado a visitarlo por segunda vez. Poco a poco, y sin que Buendía se diera cuenta, fui derivando la conversación hacia lo que más me interesaba: la historia de Otto Niemetschek y Bárbara de Montalbán. No había podido olvidar la noche en que Clara y yo descubrimos la cámara de los horrores del checo y me abrumaban las dudas y las preguntas. Necesitaba saber qué era verdad y qué mentira. Pero para ello hacía falta que Buendía me contara cosas. Él mejor que nadie podía hablarme del célebre neurocirujano y de su esposa.

–La historia que me contó el otro día me pareció sacada de una novela policíaca –dije con una sonrisa limpia para granjearme su simpatía–, si bien es cierto que me quedé con las ganas de saber más.

–¿Más? Le conté lo esencial, que es más de lo que nunca le he contado a nadie.

–Hábleme de Niemetschek, por favor. Usted aseguró que practicaba la magia o la brujería, y que incluso lo habían acusado de canibalismo.

Buendía rio de buena gana, y yo advertí que en el eco de aquella risa anidaba un fondo triste. Un fondo demasiado triste.

–Necesitaré algo más fuerte que la leche para atrapar los recuerdos –se levantó y desapareció en el interior de la casa sin darme más explicaciones. Volvió enseguida con una bandeja sobre la que traía una botella de coñac, la cubitera de níquel y dos vasos anchos de cristal labrado.

–Ya me he dado cuenta de que no le gusta la leche –observó con una sonrisa de zorro viejo, mientras retiraba los vasos de leche, aún por la mitad, y servía el coñac con hielo. Llenó los vasos hasta arriba, como si se tratara de agua, y yo pensé que si me bebía aquello tendrían que sacarme de allí con los pies por delante.

Adopté un aire de circunstancias, pero no dije nada.

Se echó un buen trago al gaznate. Luego se limpió la boca con la mano y se quedó mirándome con gesto picarón.

–Esto está mejor –chasqueó la lengua para saborear los efluvios del coñac; luego endureció el semblante–. Así que quiere que le hable de Otto Niemetschek.

Buendía paladeó aquel nombre como si fuera un licor amargo.

–Todo lo que le conté es cierto. Puede comprobarlo en las hemerotecas.

–Me comentó usted que había un hombre que lo acompañaba algunas veces, un psicólogo…

–Sí. Pero no recuerdo su nombre. El doctor Niemetschek era neurocirujano, además de mago, y trabajaba ocasionalmente en el Hospital Clínico, donde pronto consiguió fama y prestigio. Allí conoció a un psicólogo que trataba pacientes terminales. Eso a él siempre le gustó. Al parecer, los utilizaba como conejillos de Indias para sus experimentos científicos. Tratándose de gente desahuciada, nadie tenía nada que perder. El caso es que Niemetschek y su ayudante, el psicólogo, de vez en cuando organizaban simposios, conferencias y demostraciones públicas de los experimentos que llevaban a cabo con estos pacientes. Se rumoreaba que también los hacían en la mansión de Niemetschek. No faltaron las voces que afirmaban que la casa estaba embrujada y que allí ocurrían cosas inimaginables. Sospecho que todo eran infundios de gente envidiosa, porque Niemetschek despertaba recelo y admiración al mismo tiempo. Eran muchos quienes lo adoraban, pero también muchos los que lo despreciaban. La verdad es que nunca se pudo demostrar nada.

Buendía hizo un alto para echarse un lingotazo. Lanzó una vaharada etílica y se miró las manos, atrofiadas para el arte, con la mirada ausente. Volvió a llenarse el vaso otra vez, hasta arriba, y ya no me cupo ninguna duda de que aquel hombre sufría una adicción al alcohol, aunque lo disimulara con la leche.

–¿Qué le iba diciendo?

–La magia.

–Ah, bueno, pues sí. En una ocasión presencié algo completamente inaudito, y a pesar de los años transcurridos, todavía no he podido encontrar una explicación. Recuerdo que Niemetschek y su ayudante celebraron una sesión especial de magia en el teatro Olimpia. La sala estaba a rebosar. Yo había asistido por curiosidad, porque todo el mundo hablaba del checo que era capaz de hacer andar a los muertos. Pero, en especial, acudí con la intención de ver una vez más al objeto de mi amor imposible. Bárbara de Montalbán estaba allí, en el palco principal, con sus dos hijas mayores, que por entonces tendrían ocho o nueve años. La maternidad no le había restado un ápice de su hermosura. ¿Y qué diría usted que ocurrió? Cuando se apagaron las luces, en el escenario solo había dos personas: Niemetschek y el psicólogo que hacía de ayudante… ¿Cómo se llamaba aquel tipo?

–Usted dijo Romero en nuestra primera conversación, creo.

–Sí, Romero, pero no era Romero, era algo parecido… El caso es que por el centro de la sala aparecieron ocho individuos con un féretro. Recorrieron todo el patio de butacas, entre el pasmo general, y subieron el ataúd hasta el escenario. Ocho hombres para un solo ataúd. Y usted dirá: ¿para qué tantos hombres? ¿Es que no era suficiente con cuatro, como en los funerales corrientes? Pues no, porque lo que aquella caja contenía no era un muerto normal, sino una estatua. Sí. Una estatua de piedra que representaba una dama vestida a la manera del Renacimiento italiano. Los ocho individuos sacaron la estatua de la mujer y la colocaron de pie en el escenario, para que toda la sala pudiera verla claramente. La dama había sido esculpida en mármol blanco y tenía los rasgos propios del canon del *Quinquecento*.

Buendía volvió a detenerse para echar un trago de coñac. Lo comparé con esos buzos que se sumergen en el agua sin escafandra y sin tubo, y que de vez en cuando han de regresar a la superficie para tomar aire. Del mismo modo, el pintor recurría al alcohol para recuperar el pulso de la narración.

–Invitaron a subir a varias personas de entre el público para que comprobaran la consistencia del mármol con el que estaba esculpida la figura. Yo fui uno de los que subieron al escenario, y puedo jurar solemnemente que lo que tocaron mis dedos era puro mármol de Carrara, sin vetas, con el grano muy fino, igual que si fuera harina, como el que utilizaba Miguel Ángel para sus esculturas. Nos hicieron regresar a nuestros asientos y aquellos hombres colocaron la estatua otra vez dentro del ataúd y bajaron la tapa. Las luces del escenario eran velas dispuestas alrededor del féretro, lo mismo que en un velatorio. El doctor Niemetschek pidió silencio para concentrarse y la sala entera guardó un silencio sepulcral, nunca mejor dicho. El checo se arrodilló ante el ataúd y pronunció unas palabras que nadie entendió. Siguió arrodillado y como en trance mientras su ayudante abría el féretro. La estatua de piedra se levantó igual que un ser vivo y comenzó a pasear por el escenario.

No pude evitar un gesto de incredulidad. Carlos Buendía continuó:

–El estupor se había adueñado de la sala por completo. Hubo incluso gente que se desmayó. Algunos quisieron subir al escenario para comprobar la veracidad de los hechos. Yo fui uno de ellos. Volví a tocar el cuerpo de mármol frío y no pude seguir dudando. La estatua tenía vida. La gente empezó a aplaudir, pero Niemetschek pidió silencio con un gesto teatral de las manos. La sala contuvo el aliento. El doctor volvió a dirigirse a su criatura en aquel idioma extraño y la estatua se colocó en el centro del escenario, de cara al público, y se quedó completamente quieta. Luego, el checo dio una palmada y volvieron a aparecer los hombres que habían traído el féretro. Portaban mazos enormes. Se colocaron alrededor de la estatua y, a una orden de Niemetschek, comenzaron a destrozarla a mazazo limpio, hasta que no dejaron más que polvo sobre el escenario. Pero lo mejor estaba por venir.

Carlos Buendía volvió a llenarse el vaso. Echó un buen trago y, con los ojos entrecerrados, se entretuvo unos segundos en mirar por la ventana hacia el jardín donde crecían los árboles que él cuidaba con tanto esmero.

Yo tenía el vaso intacto todavía.

–Los ocho operarios recogieron los restos destrozados de la estatua y los echaron dentro del féretro. En cuanto terminaron de limpiar el polvo y de recoger hasta el trozo más pequeño, desaparecieron por el fondo del escenario. Niemetschek y su ayudante se habían quedado solos con el ataúd lleno de pedazos rotos. A una orden del doctor, su ayudante cerró el féretro. Niemetschek volvió a arrodillarse y de nuevo arrancó a rezar en aquel idioma extraño. Las luces temblorosas de las velas conferían al escenario el aspecto de una cripta. Cuando terminó su letanía, la sala entera contuvo la respiración. El doctor se levantó y, apartándose a un lado, le pidió a su ayudante que abriera la caja. El psicólogo obedeció, y en el interior del féretro apareció una dama renacentista de carne y hueso. Y lo más increíble: ¡estaba viva! La mujer salió con ayuda del psicólogo, dio las gracias por haber sido liberada –o resucitada– y se marchó por el pasillo central del patio de butacas entre la ovación atronadora del público, que se había levantado de sus asientos para aplaudir y corear el nombre del doctor Otto Niemetschek.

Tras poner el punto final, Carlos Buendía se llevó el vaso a los labios y lo apuró. Sus ojos turbios habían comenzado a cerrársele por efecto del alcohol.

–Estoy cansado –musitó.

Yo seguía con el vaso de coñac sin tocar. Lo dejé sobre la mesita y me levanté. Aquel hombre no estaba en condiciones de seguir hablando. Volvería otro día.

–¿Ya se marcha, joven?

–Se me ha hecho tarde. Gracias por compartir sus recuerdos conmigo –dije ya de camino a la puerta.

Buendía me acompañó seguido de los gatos. El blanco con motas grises que había estado dormitando en mi regazo todo el rato lanzó un ronroneo mientras arrimaba el lomo contra mi tobillo.

–Estate quieto, Salomón. No seas pesado.

Pero Salomón siguió maullando tiernamente.

Nos dimos la mano en la puerta.

–Venga cuando quiera. Estaré encantado de conversar con usted.

–Gracias, don Carlos.

Había echado a andar en dirección a la estación de metro, cuando oí que la puerta del chalé volvía a abrirse a mis espaldas.

–¡Joven!

Me di la vuelta.

–Rovira. Acabo de acordarme. Ese era el apellido del ayudante. No sé qué Rovira.

Capítulo vigésimo

DURANTE varios días, después de mi conversación con Buendía, viví en un estado de confusión absoluta, sin enterarme de nada de lo que sucedía a mi alrededor. Era como si me hubieran golpeado con un martillo en la cabeza. No hacía más que darle vueltas a lo mismo: ¿cuántos psicólogos habría en la ciudad con el apellido Rovira?

Incapaz de vivir con la duda, un lunes por la tarde llamé a Clara. Su voz sonó al otro lado del hilo telefónico, más apagada que de costumbre

–¿Cómo te encuentras?

–Mejor. Es posible que mañana o pasado mi padre me deje salir a la calle.

–Estupendo. Podríamos ir al cine o a dar una vuelta. La ciudad está preciosa estos días.

Clara guardó unos segundos de silencio y yo me quedé con el corazón sobrecogido. Tenía muchas ganas de verla y de compartir tiempo con ella, pero lo que más me preocupaba era su estado de salud y el misterioso secretismo que yo percibía en torno a su enfermedad.

–¿Clara?

–Estoy aquí.

–¿Quieres que me pase por tu casa? No hace falta salir a la calle si no quieres. Podemos jugar una partida al parchís o escuchar música. Me apetece verte.

–Está bien. Pásate mañana por la tarde, si quieres.

–Estupendo.

Cuando terminé la conversación permanecí unos instantes meditando. ¿Qué diablos pasaba en aquella casa? ¿Qué le ocurría realmente a Clara?

Necesitaba aire fresco. Bajé a la calle con la idea de vagabundear por la ciudad, pero tan pronto como anduve unos pasos, una figura se me plantó delante, impidiéndome el paso.

–Hola, Sergio –dijo.

Alcé la mirada y me tropecé con el inspector Horacio Boltaña. Iba enfundado en su gabardina gris.

Me quedé helado.

–Tenemos que hablar –añadió antes de que yo abriera la boca.

No fui capaz de decir ni sí ni no. Boltaña me contemplaba con una expresión severa, los ojos entornados, los dientes apretados.

–Vamos a dar un paseo.

Empezamos a caminar por la acera, como dos buenos amigos, y durante casi un par de minutos, que me parecieron eternos, no volvió a decir nada. Yo no paraba de preguntarme qué podría querer aquel tipo de mí. La curiosidad me estaba devorando.

–¿Cómo ha dado conmigo?

–Soy policía –dijo por toda respuesta.

Seguimos andando sin hablar otro par de minutos, y yo empecé a preguntarme si aquel individuo interrogaba a la gente con silencios absurdos.

Inesperadamente, el cielo se puso muy oscuro y sonó un trueno en la lejanía. A los pocos segundos rompió a llover con suavidad.

–Será mejor que nos metamos en algún sitio –la sugerencia me pareció más bien una orden disfrazada.

Entramos en una cafetería cualquiera y nos sentamos ante una mesa. El inspector pidió un café y me invitó con un ademán a pedir lo que quisiera, pero le di las gracias y dije que no me apetecía tomar nada.

Esperamos a que el camarero sirviera el café. Transcurrieron unos minutos más en silencio, en los que Boltaña se dedicó a escrutarme, como si estuviera haciéndome una radiografía con los ojos. La cicatriz surcaba su frente igual que una serpentina.

El inspector echó dos bolitas de sacarina en el café y lo removió con la cucharilla.

–Quiero que me cuentes tu vida.

Pensé que aquel tipo había decidido gastarme una broma.

–No entiendo.

–Está muy claro. Dime a qué te dedicas en tus ratos libres.

Su gesto no dejaba lugar a dudas. La cosa iba en serio. Repasé internamente mi vida desde que había llegado a la ciudad hacía ya más cuatro meses, y tuve que reconocer que, al margen de mis asuntos académicos, todas mis andanzas estaban relacionadas con la mansión La Rosa Negra.

–Soy estudiante, ya se lo expliqué.

–Ya. Y también sé que andas jugando a los detectives.

Fue como si me hubieran dado un puñetazo en el estómago. Me encogí por dentro.

–¿Cómo dice?

Boltaña tomó un sorbo de café, tan pequeño que la taza podía durarle toda la tarde a semejante ritmo. Creo que solo se mojó los labios de manera superficial. Luego tensó las mandíbulas.

–El día que os sorprendí a ti y a esa chica que te acompañaba saltando la tapia de La Rosa Negra creísteis que me había tragado la bola de la pelea de novios. ¿Me tomasteis por un imbécil? Sé que has estado en el chalé del pintor Carlos Buendía. También sé que has estado preguntando por el barrio de Barona. Sé que pusiste una denuncia en la Jefatura Superior por un rapto que presenciaste en El Cabañal. Y por supuesto estoy enterado de vuestro ingreso en el Hospital General, adonde llegasteis en estado de coma por haber ingerido drogas duras. Estoy informado de lo que decíais entre delirios. Hablasteis de mazmorras, de descuartizamientos, de estatuas con vida, de ratas que chillaban… Todo en relación con La Rosa Negra. No sé qué historia te traes entre manos, pero quiero que sepas que corres un grave peligro. Imagino que tendrás algo que decirme.

Tardé algunos segundos en digerir sus palabras. Aquel tipo, aparentemente lento, iba ahora demasiado deprisa. Desde luego, demostraba conocer su oficio.

–¿Qué quiere saber?

Boltaña me miró como si yo fuera idiota.

–Todo.

Me quedé meditando unos segundos. Tal vez lo mejor sería contarle lo que sabía y olvidarme del asunto de una vez por todas. Aquel tema me sobrepasaba hacía ya tiempo.

–Supongo que ha oído hablar de Niemetschek –dije.

El inspector curvó los labios en una mueca ambigua. Tal vez estaba sonriendo. O tal vez hurgaba en mi alma sin que yo me percatara de ello.

–Por supuesto.

Desde nuestra mesa oímos otro trueno. La lluvia en la calle arreció. Durante unos instantes escuchamos el fragor de aquella tromba de agua. El día se había oscurecido tanto que parecía haberse hecho de noche. Alrededor de nosotros se oía el bullicio de los clientes y de los camareros, hablándose a gritos unos a otros. La tele encadenaba videoclips musicales sin que nadie les prestara atención.

Boltaña y yo nos miramos a los ojos y supe que había llegado el momento de contarle todo lo que sabía.

Cuando terminé de narrar los hechos, los dos nos quedamos sumidos en un silencio absoluto. Seguía lloviendo a mares en la calle, y el bar se había llenado de parroquianos ocasionales que entraban huyendo de la tormenta.

–Quiero que te olvides de Niemetschek y todo lo que lo rodea. ¿Me has entendido?

Asentí sin hablar.

–Eres un imprudente. A nadie en sus cabales se le ocurre hacer lo que tú has hecho. Imagina que esos tipos os hubieran echado el guante. A estas horas estaríais criando malvas.

Supe que tenía razón. Y lo peor de todo era la convicción de que con mi temeridad había puesto a Clara en peligro.

–Otto Niemetschek es un hombre demasiado siniestro como para que nadie juegue con él. Has averiguado mucho más de lo que deberías saber.

–Si está tan convencido de lo que dice, ¿por qué no va directamente a la mansión y lo detiene? Con una simple orden de registro le bastará. Puede ir allí y comprobar lo de las mazmorras con máquinas de tortura.

Boltaña chasqueó la lengua y movió la cabeza de izquierda a derecha y de derecha a izquierda mientras me fusilaba con la mirada.

–Eso es asunto mío. A veces las cosas no son tan fáciles como parecen. Otto Niemetschek va siempre por delante de nosotros.

Llovía tanto que no podíamos salir a la calle en aquel momento. Solo restaba aguantar a que escampara, uno junto al otro.

Boltaña me escrutaba, tratando de leer en mis facciones, y yo no sabía dónde poner los ojos.

El inspector carraspeó y supe que iba a contarme algo.

–Como no tenemos nada mejor que hacer, te contaré una historia –dijo sin apenas mover los labios–. Corría la primavera del año 2002 cuando el doctor Niemetschek asistió a un congreso en Estocolmo. Lo que sabemos es que viajó solo. En la mansión quedaron su esposa y sus tres hijas. Por la noche la casa fue asaltada por una banda de malhechores. Según todos los indicios, abusaron de las mujeres, robaron lo que les pareció y prendieron fuego a la casa, con las mujeres dentro. Las dos hijas mayores tenían catorce y doce años. La más pequeña, solo dos. Yo era muy joven por entonces, apenas llevaba cuatro o cinco años en el Cuerpo, pero me acuerdo perfectamente, porque aquel caso fue sonado, como comprenderás. Los culpables nunca fueron detenidos. Se especuló con la posibilidad de que se tratara de una banda de inmigrantes, africanos, por más señas, por las declaraciones de algunos agricultores de la zona, aunque ese punto jamás se confirmó. El doctor Niemetschek se volvió loco. Fue ingresado en un centro psiquiátrico de Alemania, de donde salió ocho años más tarde. Regresó a la ciudad y reconstruyó la casa, pero nunca más volvió a dedicarse a su profesión, la neurocirugía, ni a dar conferencias, ni a hacer aquellos extraños espectáculos públicos en los que combinaba la ciencia y la magia, y que le habían hecho tan famoso. Se encerró en su mansión y se dedicó a guardar luto riguroso por la memoria de su esposa y sus hijas.

El camarero pasó cerca de nosotros y Boltaña le pidió otro café.

–¿De verdad no quieres nada?

–Una Coca-Cola –sonreí tímidamente.

El camarero desapareció haciendo eslalon entre las mesas, mientras los clientes lo asaeteaban pidiéndole de todo.

–¿Usted cree en la magia?

Boltaña hizo un gesto vago con la cara. Guardó silencio unos momentos. La cicatriz de su frente pareció serpentear unas décimas de segundo.

–Yo ni creo ni dejo de creer.

–Le aseguro que Clara y yo vimos una estatua de mármol negro acercándose hasta nosotros. Recuerdo que levantó sus manos.

El camarero depositó sobre la mesa el café y la Coca-Cola. Boltaña puso sacarina, removió el líquido negro y bebió un sorbo. Yo tomé un trago.

–Son los trucos de Niemetschek. Siempre fue un maestro de la magia.

–Le aseguro que aquella estatua se movía como una persona normal.

–Te creo –dejó pasar unos segundos, mientras parecía meditar en lo que yo acababa de decirle, pero enseguida reanudó la conversación–. Los inmigrantes aparecen y desaparecen como el agua del Guadiana. Es imposible llevar el registro de los que hay en la ciudad, no te cuento si tratamos de elaborar un censo o una estadística en el país. Podemos morirnos por el camino. Vienen, se van a otra provincia, cruzan fronteras igual que los pájaros. Nadie es capaz de controlar esta marea humana. Por otra parte, es casi imposible que alguien denuncie la desaparición de un inmigrante, porque la mayoría de ellos están aquí sin papeles. Es igual que si no existieran.

Tomó aire, y yo respeté su silencio.

–No hay indicios para relacionar a Niemetschek con la desaparición de algunos inmigrantes. Al menos, hasta ahora no hemos sido capaces de hallar la relación. Pero después de lo que me has contado, tal vez podamos hacer algo más. Es posible que Niemetschek haya decidido poner en marcha un plan de venganza personal.

–¡Lo vi con mis ojos! ¡Fotografías ampliadas de hombres de raza negra colgadas en la pared, con los nombres debajo de la imagen! ¡Y uno de ellos ha desaparecido! ¡Y luego está lo del furgón! ¡El rapto! ¡Y lo que vi en el sótano! ¿Cree que soy capaz de inventarme toda esa historia? Es demasiado macabra como para que haya salido solo de mi imaginación.

–Calma, chico, calma. Estoy convencido de que está ocurriendo algo terrible en La Rosa Negra, pero las veces que hemos ido con una orden de registro no hemos encontrado absolutamente nada. Necesitamos otra estrategia. A Niemetschek no lo podemos vencer más que con sus propios métodos.

–¿Y cómo se consigue eso?

–Si yo lo supiera, ya habríamos zanjado el asunto hace tiempo.

Boltaña suspiró.

–Si Niemetschek se está dedicando a raptar y asesinar inmigrantes africanos para vengar la muerte de su esposa y sus hijas, lo sabremos antes o después –dijo convencido–. Pero te digo una cosa: ¡no quiero que vuelvas a meter las narices en este asunto! ¿Me has entendido?

Dije que sí con un gesto.

Poco después salimos a la calle. Ya no llovía, pero la tormenta había dejado la ciudad completamente encharcada. El aire frío del anochecer cortaba como un cuchillo. Nos arrebujamos, yo en mi chaquetón y él en su gabardina, y comenzamos a caminar por la acera. La noche se había desplomado por completo. Fuimos hablando de todo un poco hasta que llegamos a mi portal.

Boltaña sacó papel y tabaco de picadura y lio un cigarrillo con pericia. Se llevó el pitillo a los labios, le prendió fuego con una cerilla y echó una calada. Varias guirnaldas de humo envolvieron su rostro. Era un tipo extraño. La gabardina le confería cierto aire de detective de película de gánsteres, a lo Humphrey

Bogart. A menudo se quedaba callado y el silencio parecía espesarse hasta formar una argamasa. Al principio me sentía incómodo con él, pero a medida que conversábamos le fui cogiendo cierta confianza. Podría incluso afirmar que me caía simpático. O, al menos, no me caía tan mal como había pensado cuando lo conocí.

–Bien. Ya sabes lo que te he dicho. Deja actuar a la policía. Niemetschek es demasiado peligroso incluso para nosotros.

–Descuide, inspector.

Nos despedimos con un apretón de manos.

Capítulo vigésimo primero

Me presenté en casa de Clara a media tarde del martes. Había pasado por una floristería y había comprado una orquídea blanca. Al verme plantado ante la puerta con aquella ofrenda floral, Clara soltó una carcajada.

–¡Pareces un novio!

Me puse colorado. Ella debió de notar mi turbación, porque dejó de reír y se ruborizó un poco. Nos comportábamos como dos tontos, mirándonos sin pestañear, cada uno a un lado de la puerta. Ella sin decirme que entrara y yo sin darle la flor.

Su padre asomó por el fondo del pasillo y, al vernos parados en el quicio de la puerta, carraspeó. Al oírlo, Clara y yo reaccionamos. Le alargué la flor y ella me recompensó con un beso en la mejilla que me atravesó la piel.

–Gracias. Es muy hermosa.

–¡Clara! –exclamó su padre desde el comedor–. ¿Es que no vas a hacer pasar a tu invitado?

–¡Claro, papá!

Ismael Rovira nos esperaba de pie, al lado del balcón entreabierto, a través del cual entraba la luz de la tarde invernal, una luz fría, típica de enero, que instalaba en la estancia una claridad plomiza. Cuando vio la orquídea en la mano de su hija, sonrió.

–Toma asiento, Sergio. Precisamente íbamos a merendar. ¿Quieres acompañarnos?

Aunque no me apetecía tomar nada, consideré una descortesía declinar la invitación.

–Será un placer.

Ismael se metió en la cocina, y Clara y yo nos quedamos callados, sin saber qué decirnos. La noté más pálida que otras veces y advertí unas leves ojeras en su rostro.

–Me encantaría que volvieras a tocar el *Oblivion* de Astor Piazzolla –dije a media voz–. Me gustó mucho.

Clara me sonrió.

–Por supuesto.

Retiró la orquídea que había en el búcaro de cristal y colocó la mía en su lugar. Luego se sentó al piano, guardó un silencio profundo, como para concentrarse, y al instante comenzó a teclear la melodía de Piazzolla con una delicadeza tan intensa que me pareció que arrancaba lágrimas del piano. Yo hubiera querido que en aquel momento el tiempo se detuviera para siempre, escuchando a Clara y contemplando su rostro, los ojos cerrados, las manos blancas recorriendo el teclado, la música deslizándose igual que una caricia mientras la luz fría y triste del atardecer se colaba en la estancia a través del balcón.

Durante algunos minutos fui la persona más feliz del mundo, atrapado por la magia de aquella balada. Nada existía alrededor. Solo Clara y la música.

De repente advertí que Ismael observaba a su hija desde la puerta del salón, inmóvil, una tristeza inexplicable reflejada en su rostro. Las lágrimas resbalaban por sus mejillas.

Desvié la mirada hacia otro lado, para que no supiera que lo había descubierto llorando. La música seguía sonando, como una lluvia de luz, y yo sentía que la piel se me erizaba. Jamás había experimentado algo parecido. Comprendí que la belleza puede manifestarse de muchas maneras. Aquella pieza transmitía, sin necesidad de palabras, lo que más le importa al ser humano. A mi manera, captaba el significado de las notas etéreas que hablaban de mí, de Clara, de lo que no puede expresarse con palabras, al menos con palabras conocidas. Volví a mirar a Clara. La luz entraba como un rayo leve que se posaba en su pelo rubio. Semejaba un ángel, uno de esos seres que vienen al mundo y lo iluminan solo con su presencia y su risa. Y entonces me di cuenta de que la amaba.

Cuando Clara puso el punto final a su interpretación, Ismael y yo nos habíamos quedado atrapados por la plenitud del momento. Ni él ni yo fuimos capaces de aplaudir, porque la melodía seguía flotando como un eco en el silencio de la tarde, y parecía que en aquel eco que poco a poco se apagaba, se diluía, también, lentamente, el hechizo que nos había sumido a los dos en un mutismo casi religioso.

Clara se puso de pie y nos observó divertida.

–¿Es que no vais a aplaudir?

Ismael y yo sonreímos, pillados en falta, y comenzamos a aplaudir frenéticamente.

Ella hizo un par de reverencias graciosas, igual que si estuviera en un teatro con cientos de espectadores aplaudiendo. Luego, nos cogió a cada uno de una mano y nos condujo hasta la mesa. Nos sentamos. Ismael se puso a servir el chocolate al tiempo que comentaba no sé qué de la cocina.

–Brindemos.

Hicimos chocar las tazas entre risas. Mientras tomábamos el chocolate y las galletas, hablamos de cosas superficiales, reímos, contamos anécdotas del instituto, de las clientas de la mercería donde trabajaba mi tía, de mi familia, de lo primero que se nos ocurría, en tanto la luz se disolvía alrededor, como una bruma de almíbar, y a través del balcón entreabierto contemplábamos el resplandor de la ciudad y el griterío de la gente que pasaba por la calle.

Sin embargo, a pesar de la felicidad que me embargaba, yo no podía apartar de mi mente las palabras de Carlos Buendía. El ayudante de Niemetschek era un psicólogo que se llamaba «No sé qué Rovira». La sospecha de que aquel ayudante y el padre de Clara fueran la misma persona había venido martirizándome los últimos días.

Solo tenía una manera de averiguarlo.

–Me gustaría hablar con usted de un tema delicado.

Ismael me animó a seguir adelante con un gesto. Observé a Clara, sonriente y luminosa entre los dos, y supe que cuando pronunciara el nombre maldito iba a romper la magia de aquel momento.

–¿Ha oído hablar de Otto Niemetschek?

Fue lo mismo que si hubiera lanzado una piedra contra un espejo.

El rostro de Ismael Rovira se crispó en una mueca de estupor. Clara me miró como si no me conociera. Y yo comprendí que había dado en la diana.

Tras los primeros instantes de perplejidad, Ismael frunció el entrecejo, fingió que buscaba entre sus recuerdos y finalmente se alzó de hombros, al tiempo que torcía los labios.

–No me suena. ¿Quién es?

Yo sabía que Ismael Rovira estaba mintiéndome.

Clara me preguntaba con los ojos.

–He oído hablar de él –dije, lo más calmado que pude–. Parece ser que fue un neurocirujano muy famoso que vivió en esta ciudad hace unos años. Debió de ser un personaje bastante curioso –sonreí para quitar importancia a mis palabras.

Ismael Rovira me había escuchado con el ceño fruncido en todo momento, los ojos negros brillando igual que ascuas, la expresión alerta. Advertí que sus manos temblaban casi imperceptiblemente y que buscaba la manera de simular indiferencia ante lo que le contaba.

–Es posible, sí. Como comprenderás, he conocido a muchos médicos: neurólogos, cirujanos, cardiólogos…

–¿Qué te hace pensar que mi padre conociera a un tipo así? –preguntó Clara, contrariada.

–Esta ciudad no es tan grande. Un personaje como Niemetschek debió de salir en la prensa, en la televisión…

–Eso es mucho imaginar –observó Clara.

–No sé –volví mis ojos hacia Ismael–. Usted es neuropsicólogo, ¿no? Quizá coincidieron en alguna parte. Por lo que he leído, el mundo entero lo conocía.

–Tal vez. Mi memoria ya no es lo que era –sonrió nerviosamente Ismael Rovira–. Todos somos futuros enfermos. El mundo es un hospital.

Clara se levantó y se asomó al balcón. Las primeras sombras de la noche habían empezado a posarse sobre la ciudad, igual que un ejército fantasma. El rostro de Clara, al contraluz del anochecer, quedaba sumido en una tibia oscuridad. Admiré su perfil delicado de ninfa, el cuerpo etéreo, y volví a recordar las palabras de Ismael: «A pesar de lo que parece, Clara es una chica con una salud muy frágil». Hubiera vuelto a preguntar en aquel mismo instante, pero no quise estropear la imagen de Clara asomada al balcón mientras anochecía. Ismael, en segundo plano, guardaba silencio, un silencio oscuro, como un espectro del pasado.

Unos días después, paseando por el centro, me tropecé con Julia Latorre, que venía en dirección contraria por la misma acera que yo.

–¡Con lo grande que es esta ciudad…! –exclamó Julia.

Llevaba una bolsa en la mano derecha.

–¿Adónde vas? –me preguntó.

–Iba para casa, pero no tengo prisa.

–Genial.

Callejeamos por el centro de la ciudad, dejándonos llevar por el azar. Julia me comentó que había ido a comprar un libro para regalárselo a su madre, porque al día siguiente era su cumpleaños.

–A mi madre solo le interesan los libros y la pintura, ya lo sabes. ¿Qué tal las Navidades, chaval? ¡Estás desaparecido!

Le conté que estuve en Zaragoza y le hablé de mi familia. No quise entrar en mi vida personal, así que a los dos o tres minutos se me había acabado el tema de conversación. Por fortuna, Julia era una persona alegre y locuaz, que no soportaba el silencio. Hablaba y hablaba como un locutor de radio, saltando de un tema a otro, reía, movía los brazos, tarareaba alguna canción de moda, y yo me olvidé de mi vida y de mis historias al menos durante un par de horas, al cabo de las cuales iniciamos la retirada.

–Oye –dijo poniéndose seria–. Nunca me has contado qué pasó con el Quincalla. Al final no te rompió los huesos.

No pude evitar una media sonrisa.

El Quincalla.

Menudo individuo.

–No pasó nada. Él quiso chulearme, pero le planté cara y me dejó tranquilo. Tal vez pensaba que iba a achantarme.

No quise contarle que le había arreado un rodillazo en sus partes que lo había dejado casi estéril.

Por fin llegamos al portal donde vivía Julia.

Ella se puso repentinamente seria.

–Me lo he pasado muy bien contigo –afirmó.

Aquel comentario me hizo gracia. Julia era la que había llevado la batuta de nuestra conversación en todo momento. Yo me había limitado a asentir o a realizar algunas observaciones. Era imposible que semejante muchacha se aburriera con nadie, así que no podía atribuirme a mí ningún mérito. Si acaso, el único mérito que se me podía conceder era el de saber escuchar.

–Yo también.

Nos dimos un beso en la mejilla. Ella abrió el portal, pero antes de meterse en el edificio se volvió hacia mí.

–¿Sabes? Creo que Clara es una chica con suerte.

–¿Clara? ¿Por qué dices eso?

Julia me guiñó un ojo con picardía.

–A veces pienso que los hombres sois un poco cortos. ¿De verdad no te has dado cuenta?

Parpadeé.

–No comprendo.

Ella movió la cabeza, como haciendo un gesto de resignación.

–Clara..., tú... ¿Lo pillas?

Me puse colorado.

–El lunes nos vemos en clase, Llanero –dijo.

Y me dejó con un palmo de narices. Me marché hacia mi casa, las manos en los bolsillos, rumiando aquellas medias palabras... «Clara..., tú...».

De repente sonó el móvil. Lo abrí sin mirar quién me llamaba.

–¿Sergio?

–Sí.

–Soy Ismael Rovira. Tenemos que hablar.

Capítulo vigésimo segundo

Ismael Rovira vestía un impecable traje negro. Llevaba sombrero y paraguas. Lo vi atravesar la calle y dirigirse hacia la esquina donde yo esperaba desde hacía unos cinco minutos, junto a la puerta de una óptica.

–Siento haberme retrasado –dijo dándome la mano.

–Por favor –se la estreché.

Me pareció que había envejecido un lustro desde la última vez que nos habíamos visto. Era un hombre de buena estatura, porte elegante, cabeza bien proporcionada, mirar adusto. El color blanco del pelo, del bigote y de la barba le conferían cierto aspecto de filósofo o científico. El atuendo negro, además del paraguas y el sombrero, también negros, añadían respetabilidad a su persona. Fuimos dando un paseo hasta llegar al cauce del río. La tarde se evaporaba lentamente y el cielo relucía desprovisto de nubes, lo mismo que una porcelana azul.

–He estado pensando mucho en la última conversación que tuvimos, Sergio –empezó a decir Ismael con su voz serena y agradable.

Lo suponía, pero no dije nada. Me hice el tonto.

–No sé a qué se refiere.

Ismael sonrió.

–Lo sabes demasiado bien. Eres inteligente y no se te escapa nada. Me estoy refiriendo a Otto Niemetschek.

Cruzamos el río por el puente de las Flores y salimos a la Alameda.

–Creo que te debo una explicación –añadió.

Hablaba moderadamente, sin prisa, como si construyera el pensamiento y la frase al mismo tiempo.

–Conocí a Otto en un congreso sobre psicología y neurología en Praga. Yo asistí en calidad de ponente y di una conferencia sobre las relaciones estructurales entre cerebro y conducta en individuos con disfuncionalidad neuronal. Se trataba de un congreso importante al que asistieron los mejores especialistas europeos. Uno de los asistentes era Niemetschek. Hablamos y pronto congeniamos. Teníamos una edad similar, profesiones afines, el mismo interés por la experimentación científica. Fue él la primera persona que comenzó a hablarme de un mundo que hasta ese instante había sido completamente desconocido para mí: la magia.

Caminando a lo largo de la Alameda habíamos llegado al Palacio de la Música. Admiramos el lago artificial y la arboleda, por la que paseaban cientos de personas. Algunas iban en bicicleta o haciendo *footing*.

Reanudamos el paseo en dirección al mar.

–Otto Niemetschek y yo nos hicimos amigos enseguida, como te dije, y empezamos a trabajar juntos. Conseguí que viniera a esta ciudad a pasar una temporada. Le encantaron la luz y el azul del mar. Pronto comenzó a frecuentar los círculos artísticos e intelectuales. No fue necesario que intercediera por él en ninguna parte. Todo el mundo lo conocía. Entró a trabajar en la universidad y en el Hospital Clínico, en una cátedra creada expresamente para él. Enseguida conoció a la que sería su esposa, Bárbara de Montalbán, una joven y bellísima actriz de solo dieciocho años. Rubia, seductora. Todo el mundo estaba enamorado de ella. Se casaron y Bárbara abandonó su prometedora carrera para dedicarse en exclusiva a él.

En aquel momento habíamos llegado a la Ciudad de las Artes y las Ciencias. Nos quedamos contemplando el entorno. Más abajo se veía el estanque azul que rodeaba la estructura de los edificios y, más allá, los jardines por los que paseaba la gente. Las sombras del anochecer devoraban ya los últimos rayos de luz y el sol exhalaba su postrero aliento, dejando en el horizonte una estela de sangre.

Ismael Rovira hizo una breve pausa para tomar aliento. Mientras hablaba, yo no dejaba de observarlo. Me pareció un hombre de otra época.

–Durante algunos años trabajamos juntos. Nos entendíamos con solo mirarnos. Cuando creí que me iba a convertir en un soltero empedernido, conocí a Clara Monzón en una velada artística de las muchas a las que asistíamos. Me gustó desde el principio: era discreta y sencilla, una mujer a la medida de mi personalidad. Tocaba el piano como los ángeles –rio al decir esto último–. Mi hija ha heredado la vocación… –permaneció callado unos momentos, sin poder ocultar la nostalgia que le producía evocar todo aquello–. Bárbara y Otto tenían dos hijas, Tatiana y Eva, de doce y diez años, cuando Bárbara volvió a quedarse embarazada. Y la alegría más grande de mi vida fue que Clara también se quedó embarazada, casi al mismo tiempo. Fue una época magnífica. La tercera hija de Niemetschek se llamó Alexandra. La mía nació dos semanas después, pero mi esposa murió en el parto, ya lo sabes. El abatimiento más terrible se apoderó de mí. Tenía una niña y me habían abandonado las ganas de vivir. La llamé Clara, como su madre. Y quise ver en ella una reencarnación de mi querida esposa.

La tarde había ido languideciendo a medida que conversábamos. Un tapiz de óxido cubría ahora el cielo, igual que una sábana sucia. Bandadas de estorninos pasaron volando con una algarabía ensordecedora hacia el sur. Por unos instantes nos quedamos en silencio, admirando el entorno.

–El destino no había dicho aún su última palabra. Había sido injusto conmigo, y, sin embargo, todavía iba a ser más cruel con Otto. Recuerdo que nos llamaron para un congreso en Estocolmo. Desde la muerte de mi esposa yo no levantaba cabeza. Sufría depresiones. Le dije a Otto que no lo acompañaría, porque deseaba quedarme en casa con mi hija. Él se rio de mí, pero no intentó hacerme cambiar de opinión. Durante aquel viaje ocurrió la tragedia que cambió su vida –calló unos segundos, y enseguida añadió bajando la voz–: Y también la mía.

Volvió a guardar unos momentos de silencio. Tenía la mirada perdida en el horizonte oscuro. Daba la impresión de que le costaba un gran esfuerzo rescatar aquella parte de su pasado. Me contempló antes de proseguir y noté que vacilaba. Un vago temblor se había apoderado de él.

–Cierta noche entraron unos hombres en su casa. Bárbara y las niñas fueron forzadas. Los criminales se llevaron lo que quisieron y, para no dejar pruebas o huellas, supongo, incendiaron la mansión. ¡Debió de ser horrible!

Inesperadamente, Ismael se puso a llorar, y yo no supe qué hacer ni qué decir.

–Los cuerpos, carbonizados, fueron enterrados en una ceremonia a la que no asistió nadie, porque Otto quería estar a solas con su esposa y sus hijas. Permaneció tres días y tres noches sin abandonar la tumba, a pesar de que las ordenanzas municipales prohibían quedarse en el cementerio por las noches. Pero él no se movió de la sepultura en ningún instante. Hasta que vinieron a por él y se lo llevaron a la fuerza.

–Tengo entendido que perdió la razón y lo ingresaron en un hospital psiquiátrico de Alemania.

Ismael me miró, desconcertado. Debió de sorprenderle que yo dispusiera de aquella información, aunque no manifestó nada.

–Sí, pero antes de eso juró pública venganza. Y yo sabía que antes o después cumpliría su palabra. Pasó varios años en un sanatorio y cuando volvió ya no era el mismo. Dicen que lo acompañaba un tipo muy extraño al que había conocido en el psiquiátrico alemán. Otto había envejecido y mostraba signos evidentes de trastorno mental. Volvió a levantar la mansión, pero ya no tenía con él a su amada Bárbara ni a sus tres hijas. Estaba completamente solo. Bueno, lo acompañaba el extraño criado al que había sacado del sanatorio. Bautizó la mansión con el nombre de La Rosa Negra, que era el nombre con el que el mundo del cine había conocido a Bárbara de Montalbán. No volví a verlo nunca. Para entonces yo había abandonado la profesión médica. El mundo me parecía un lugar hostil. De alguna manera nuestros destinos eran paralelos. Ambos nos apartamos del mundo, y de aquella antigua amistad, de aquel «esplendor en la hierba», como diría el poeta Wordsworth, ya no quedaba nada. Yo conocía demasiado bien a Otto y sabía que había regresado para vengarse. Era su hora.

Ismael guardó silencio después de su confesión. Había empezado a soplar un aire frío. Emprendimos el camino de regreso, compartiendo el silencio y la tristeza. Yo supe que el sótano del terror que descubrimos Clara y yo tenía que guardar cierta relación con la promesa de Niemetschek.

–¿Cree usted que ha llevado a cabo su venganza?

–Lo creo muy capaz. No he conocido a nadie que inspirase tanta admiración y tanto temor al mismo tiempo. Siempre fue poderoso. Su mente es una máquina irresistible. En numerosas ocasiones lo vi realizar demostraciones de su magia que me dejaban boquiabierto. ¡No había truco! ¡Era real! ¡El poder de su cerebro es sencillamente aterrador! ¡Otto puede ser cruel hasta límites insospechados!

Habíamos llegado a la calle del Mar mientras hablábamos. Nos miramos en silencio unos momentos.

–No hemos hablado de Clara –le dije.

–¿Clara?

–Está enferma, ¿no?

Los ojos de Ismael delataron la fatiga que lo atenazaba.

–Tiene una salud frágil, ya te lo dije. Pero no es importante. Dentro de unos días estará corriendo por ahí como una gacela. ¿Puedo pedirte un favor personal?

–Por supuesto.

–No le digas nada de todo esto. Ella no conoce ni tiene por qué conocer esta historia.

Asentí en silencio y él me agradeció el gesto con una sonrisa leve. Se metió en el portal y yo me quedé unos instantes sin moverme, con las manos en los bolsillos, los ojos fijos en el balcón, tratando de ver la silueta de Clara detrás de los postigos. Una tenue claridad anaranjada se filtraba a través de los tules.

Me marché con la sensación de que aquella historia que me había contado Ismael Rovira estaba incompleta. No albergaba la menor duda. El antiguo psicólogo me había escamoteado algunos datos y me había confesado solo una parte de los hechos. Seguramente, faltaba lo más importante.

Era una corazonada.

Capítulo vigésimo tercero

LAS clases seguían su curso con normalidad. Clara parecía restablecida por completo de su extraña enfermedad y yo había conseguido olvidarme de Niemetschek desde que había pasado el testigo al inspector Boltaña.

Intentaba desentenderme del asunto, pero a menudo me quedaba abstraído de todo, pensando en aquella enrevesada historia. Sabía que antes o después, Niemetschek iba a ser detenido. Solo era cuestión de tiempo.

Cierta mañana me encontraba especialmente distraído en clase. Ripoll, a mi lado, se entretenía en dibujar esferas y polígonos y efectuar anotaciones extrañas al pie de cada figura. El Sintagma se dedicaba a largarnos un rollo tremendo sobre las oraciones subordinadas que no había por dónde coger. Toda la clase era un bostezo unánime. Me pregunté a quién podían interesarle los suplementos, los complementos circunstanciales y los predicativos.

–¿Qué haces, Óscar? –pregunté en voz baja para que el Sintagma no me oyera.

–Invento un coche sin ruedas.

–¿Sin ruedas?

–Eso he dicho. ¿Qué pasa?

El Sintagma acababa de sacar a la pizarra al Quincalla y lo estaba ametrallando a preguntas, pero este se limitaba a encogerse de hombros y poner cara de besugo. De vez en cuando soltaba una tontería que nadie reía, excepto Navarro y Ballester, sus dos fieles escuderos.

–¿Y para qué quieres inventar un coche sin ruedas?

–Imagina lo que ahorraríamos en neumáticos.

Pensé que Ripoll acabaría en la NASA o en un manicomio. No había término medio. Sonreí para darle ánimos.

–El día que te hagas rico con uno de tus inventos acuérdate de los amigos –bromeé.

El Quincalla había regresado a su sitio, después de dejar bien patente su ignorancia. El Sintagma señaló a Clara, que salió al entarimado. La observé atentamente. La encontré delgada y pálida, aunque seguía conservando todo su atractivo. En especial, el aire alegre.

–Analiza esa oración –ordenó el Sintagma.

Clara empezó a escribir en el encerado, hasta que llenó la pizarra de rayas y flechas. Cuando terminó, dejó la tiza y se sacudió el polvillo blanco con una palmada. El profesor mostró su entusiasmo y dijo que se sentía orgulloso de tener en la clase alumnos así. Luego, lanzó una mirada envenenada hacia el rincón donde parasitaban el Quincalla y sus colegas, como una panda de tarados.

En aquel momento sonó el timbre que anunciaba el final de la jornada. El Sintagma se despidió hasta el día siguiente y nosotros nos pusimos a recoger las cosas. Le dije adiós a Ripoll y me dirigí a buscar a Clara, con el ánimo de acompañarla hasta su casa. Fue entonces cuando oí la voz de Julia a mis espaldas.

–¡He dicho que me dejes!

Me volví, sorprendido, y vi al Quincalla, jaleado por sus dos coleguillas, asediando a Julia Latorre.

–¡A mí no me hables así!

–¡Te hablo como me da la gana!

Clara y yo observábamos la escena desde media distancia. El resto de la clase había abandonado el aula y andaba ya por el pasillo, mezclándose con los alumnos de otros grupos.

El Quincalla cogió a Julia por un brazo.

–¡No te hagas la dura! ¡No te pega!

–¡Eres un mierda!

Vi cómo aferraba a Julia con fuerza para evitar que se desprendiera de él. Me subió una oleada de mala leche por el esófago. Clara y yo nos acercamos a echar una mano a Julia.

–¿Qué pasa? –pregunté apretando los puños y tensando las mandíbulas.

–¿Y a ti qué cojones te importa?

Solo en ese momento me di cuenta de que el Quincalla iba fumado. Durante la clase, mientras hacía el tonto en la pizarra, no me había fijado, pero ahora, mirándolo a la cara, sabía que aquel gesto de besugo obedecía a una buena tajada de marihuana, o algo peor. Y el subidón era precisamente lo que lo envalentonaba.

–¡Suéltala, Quincalla!

Entonces soltó a Julia y se me echó encima como una fiera. Apenas tuve tiempo de apartarme. Rodamos por el suelo, ante la mirada estupefacta de todos los presentes. Navarro y Ballester también iban fumados. Empezaron a jalear a su amigo.

–Te voy a romper el cráneo –gritó, mientras cogía una silla.

Supe que estaba dispuesto a destrozarla en mi cabeza, así que me defendí con una mesa. La silla que blandía chocó con la mesa y se rompió en varios trozos.

Mientras el Quincalla agarraba otra silla, con ánimo homicida, vi que la clase se llenaba de gente que venía alertada por el alboroto, pero nadie parecía dispuesto a echarme una mano.

Si no reaccionaba, iba a morir con la cabeza aplastada. El Quincalla estaba fuera de sí.

–¡Machácalo! –oí gritar a Navarro.

–¡Por favor, José Antonio! ¡Ya basta! –gritó Julia.

Pero él volvía a arremeter con otra silla. Tenía la cara roja y los ojos fuera de las órbitas.

–¡Te mataré, gusano de mierda!

Salté una décima antes de recibir el impacto. La silla se hizo añicos contra otra mesa. Tropecé con algo y caí al suelo, dándome un golpe en la cabeza. Boqueé, alelado. El Quincalla sabía que era la ocasión perfecta para liquidarme. Alzó una tercera silla delante de mí. El golpe era seguro. Y aquel mameluco iba a golpear con el alma.

Y entonces ocurrió.

Clara se interpuso entre la silla y yo, y recibió un impacto tan brutal que cayó hacia atrás, llevándose con su caída varias mesas y sillas, en un estrépito infernal, y quedó sin conocimiento en el suelo.

Me levanté como un loco y me agaché sobre ella, fuera de mí.

–¡Clara, Clara!

Todos los que presenciaban aquella pelea estaban consternados.

–¡Clara! –repetí.

Pero Clara no reaccionaba.

Me olvidé de ella y fijé mi mirada en el Quincalla. Me fui hacia él igual que un tornado. Lo cogí con ambas manos de la pechera. No sé de dónde saqué la fuerza. Lo levanté en alto y lo llevé cinco o seis metros por el aire hasta que lo estampé contra la pared con un golpe tan terrible que hizo temblar el tabique entero. Sin soltarlo, lo bajé al suelo, y tan pronto como puso los pies sobre las baldosas, le propiné un puñetazo con toda la rabia del mundo.

Fue en ese momento cuando entraron algunos profesores en el aula y se echaron sobre nosotros. A mí me sujetaron entre varios. El Quincalla se retorcía en el suelo.

–¡Alto, Sergio! –oí que gritaba el jefe de estudios.

Alguien dijo que Clara estaba muerta, y yo me escabullí del jefe de estudios y de los que me apresaban. Me lancé corriendo hasta ella. Julia la había incorporado y la sostenía entre sus brazos, tratando de reanimarla, diciendo su nombre y sollozando.

–¡Hay que llevarla inmediatamente a un hospital! –sugirió alguien.

Me vi de pronto envuelto por un torbellino de gente que hablaba al mismo tiempo, gritaba, se empujaba. No recuerdo nada más.

Los resultados de aquella reyerta fueron contundentes: expediente disciplinario y un mes de expulsión para el Quincalla y para mí. Justicia salomónica.

En casa hubo bronca monumental. Mi tía estaba hecha una furia y parecía inútil que yo tratara de explicar por activa y por pasiva que tan solo había tratado de defenderme.

–No tengo más remedio que decírselo a tus padres, Sergio. ¡Esto es muy gordo! ¡Jamás lo hubiera sospechado de ti!

–¡Por favor, tía! –supliqué por enésima vez–. ¡Confía en mí! Te juro que yo no he hecho nada más que defender a una amiga del ataque de ese cafre, el Quincalla. Es un mal bicho. ¿Qué querías, que no hiciera nada por protegerla de sus bravuconadas?

Mi tía pareció dudar.

–¿Quieres que te lo pida de rodillas?

–¿El qué?

–El que me creas. ¡Soy inocente!

Antes de que respondiera nada, me eché sobre ella y la abracé con todas mis fuerzas. Ella abrió tímidamente los brazos y me rodeó por la espalda. Permanecimos así un buen rato.

–Está bien –dijo ella separándose de mí para mirarme a los ojos–. No diré nada, pero espero que no vuelva a ocurrir algo parecido nunca más. Y quiero que me prometas ahora mismo que vas a aprobar todas las asignaturas en el segundo trimestre.

Sonreí como un niño.

–Te lo prometo, tía.

Y volví a abrazarla.

Clara ingresó en el hospital, aunque por fortuna solo había sufrido algunas lesiones leves y pudo regresar a casa al día siguiente.

Me sentía fatal. Mi relación con mi tía no era mala, pero tampoco era para echar cohetes. Yo notaba que estaba dejando de ser un niño a marchas forzadas. De hecho, ya había dejado de serlo hacía tiempo y me estaba convirtiendo en otra persona. La vida me mostraba su cara oscura día tras día. El mundo de los adultos era un lugar muy complicado, lleno de odio, violencia, crueldad. El mal existía y me rodeaba por todas partes.

Definitivamente, no me gustaba lo que veía. Y no me gustaban los derroteros que tomaba mi vida. A veces me hacía el firme propósito de volver a ser el chico que lo veía todo con inocencia. Intentaba acercarme a mi tía como cuando era un niño, pero algo dentro de mí me impedía mostrar un mínimo atisbo de ternura. ¿Qué me sucedía? ¿Era eso la adolescencia?

El venir a esta ciudad había sido un golpe del que todavía no había podido recuperarme. Atrás quedó mi vida feliz, enterrada para siempre en el pantano de la infancia, los amigos de la niñez, los recuerdos luminosos de mis años más tiernos.

Pensé en Clara.

¿La quería? Lo único que sabía era que la echaba de menos a todas horas, y que cada nuevo día me despertaba con el deseo de volver a verla y de gozar de su compañía. Evoqué su sonrisa alegre, su pelo rubio, sus ojos verdes. Me parecía imposible haber podido vivir antes sin ella.

La llamé por teléfono. Su voz sonó como un tintineo al otro lado de la línea. Le dije que me apetecía dar una vuelta por la ciudad.

–Podemos ir a un kebab –propuse–. O meternos en el cine.

–Tengo mucho trabajo, pero puedes acercarte a recogerme al conservatorio a las cinco y media, y daremos un paseo.

–De acuerdo.

Capítulo vigésimo cuarto

CLARA y Rebeca Miralles salieron juntas, la mochila a la espalda, entre un remolino de gente. Me vieron apostado en la pared de enfrente y se acercaron hasta mí con gesto risueño.

–¿Qué tal mi barrio? –preguntó Rebeca–. ¿Te gustó?

No había vuelto a Barona. Sin embargo, desde el día en que pisamos sus calles, no había podido olvidar a todos aquellos desgraciados que se arracimaban como ratas buscando una oportunidad para no morirse de asco en ese agujero inmundo.

–¿Tu barrio? No está mal –señalé con algo de guasa–. Tiene su morbo.

–Me ha contado Clara que conocisteis a un chico nigeriano.

–Tunde –afirmé–. Su hermano ha desaparecido. Bueno, lo más probable es que a estas alturas se lo hayan cargado.

Rebeca suspiró.

–Por desgracia, no es el único caso –denunció con aire afligido–. La historia de Tunde y de su hermano se repite con demasiada frecuencia sin que nadie haga nada.

Acompañamos a Rebeca a la parada del autobús, que llegó enseguida. Cuando se marchó, Clara y yo permanecimos unos momentos en la acera, en silencio, como dos pasmarotes.

Estaba preciosa.

–¿Qué hacemos? –pregunté tontamente.

–Me apetece pasear.

Bajamos al viejo cauce del río y caminamos bajo los árboles. De vez en cuando comentábamos algo y reíamos por cualquier tontería. O nos quedábamos callados, compartiendo un silencio maravilloso. Siempre había pensado que estar con otra persona sin hablar era horrible. Con Clara me ocurría justo lo contrario. Con ella no me incomodaba el silencio y a ella le sucedía otro tanto.

Nos sentamos en la hierba. Clara se desembarazó de su mochila y se tendió boca arriba, cara al cielo. Yo la imité. Nos dedicamos a mirar las nubes que se deslizaban por el cielo, semejantes a blancos veleros de algodón, y jugamos a ver formas caprichosas. El cielo resplandecía como un cristal limpísimo y, atravesando el azul inverosímil, vimos pasar una bandada de palomas hacia el mar.

Me incorporé sobre el brazo izquierdo y la observé despacio. Clara había cerrado los ojos y parecía dormida. Me sentía terriblemente atraído por ella. Deseé besarla con todas las fuerzas de mi ser. Ella abrió los ojos y me vio un poco inclinado, con la cara hacia ella, acodado sobre la hierba, contemplándola embelesado. Sonrió y noté que una corriente eléctrica me recorría los huesos. Sus ojos verdes estaban fijos en los míos, lo mismo que dos ventanas abiertas a la felicidad, y la barbilla había empezado a temblarle.

Fui incapaz de contenerme.

Me acerqué despacio, poco a poco, sin dejar de mirarla, hasta que mis labios se posaron con suavidad en los suyos. Al principio con miedo. Luego con ternura. Con una ternura que brotaba de mi alma igual que un manantial de luz.

Clara tiritaba como un pájaro. Finalmente, cerró los ojos y se me entregó por completo.

Esa noche no pude dormir. Estuve pensando en Clara hasta que la luz del amanecer empezó a filtrarse por la persiana entreabierta de la ventana de mi cuarto.

Me levanté eufórico y me metí en la ducha para despejarme. Al salir me tropecé con mi tía a la puerta del baño.

–¿Adónde vas tan temprano?

Por toda respuesta, abracé a mi tía como si hiciera un lustro que no la viera. A pesar de todo, la vida me sonreía. En unas semanas iba a regresar al instituto, Clara me quería y tenía una familia maravillosa.

Después de aquel impetuoso abrazo, mi tía me miró con aire preocupado.

–¿Estás bien, Sergio?

Sonreí.

–Jamás he estado mejor, tía. ¿Y tú? ¡Estás muy guapa con ese vestido!

Parpadeó, sorprendida, pero no me replicó nada.

Entré en la cocina como un remolino. Mi tía venía detrás de mí.

–Huele muy bien. ¿Qué es?

–El desayuno. Tostadas con aceite y tomate. ¿Te apetece?

–Por supuesto. Tus tostadas son inimitables, tía.

Aunque lo disimulaba muy bien, mi tía estaba realmente desconcertada.

A mediodía me encontraba sentado a la mesa cuando sonó el móvil.

–Soy yo.

–Ya. Vaya horas de llamar. Me pillas en la mesa.

–¿Te has enterado?

–¿De qué?

–O sea, que no.

–¿Qué ocurre? ¿Hay una manifestación de zombis delante del ayuntamiento?

–La policía ha entrado en La Rosa Negra.

Tardé unos segundos en reaccionar.

–¿Cómo lo sabes?

–Hay una pequeña noticia en la prensa.

–Voy a verte ahora mismo –dije.

–Vale.

Me levanté de la mesa y dejé la comida a medias, ante las protestas de mi tía. Le di un beso y le prometí que me tomaría el resto para cenar.

–Por la noche se te habrán enfriado los macarrones.

–Para eso están los microondas, tía.

Media hora más tarde, me encontraba llamando al timbre. Clara me esperaba y bajó enseguida a la calle con el periódico en la mano.

–Toma, lo he leído tres veces.

La noticia era breve y no aclaraba mucho sobre la identidad de los cadáveres.

Macabro hallazgo

La Policía Nacional ha localizado los cadáveres de siete personas en una zona próxima a la ciudad. Los cuerpos de los fallecidos, a medio descomponer, estaban devorados por ratas y presentaban signos de violencia. Todos parecían haber sufrido quemaduras, amputaciones y mutilaciones de diversa consideración. Dada la gravedad de los acontecimientos, la Policía ha preferido no hacer declaraciones a los medios. El auto se encuentra bajo secreto sumarial.

Leí la noticia un par de veces. Luego, doblé el periódico y se lo devolví.

–Podríamos darnos una vuelta por allí –propuse.

–Me lo imaginaba.

Hacía un día soleado de finales de enero, por lo que decidimos ir caminando hasta el Politécnico. Media hora larga. Doblamos la facultad de Agrónomos y enseguida enfilamos por el camino de la ermita de Vera. Antes de llegar a La Rosa Negra, vimos que sucedía algo extraño. Dos policías vigilaban la entrada, apostados a la puerta como dos perros de presa.

Nos acercamos con intenciones pacíficas, pero no nos dejaron siquiera saludar.

–Circulad –ordenó el más alto, que tenía pinta de jugador de *rugby*–. Aquí no se puede parar.

Clara había vuelto a quedarse fascinada, viendo la tapia, los árboles, la silueta de la mansión allá al final, entre las ramas. Ajena a los policías, a mí y a todo lo que nos rodeaba.

Pensé en el inspector Boltaña. Debía de tener algo que ver con aquello. Sonreí a los policías para hacerme el simpático y ganarme su confianza.

–Somos amigos del inspector Horacio Boltaña.

Los dos policías me miraron como si yo fuera un saltamontes rosa.

–¿Quién diablos eres tú?

Extremé la sonrisa hasta donde me fue posible.

–Me llamo Sergio Mora y quería saludar al inspector.

–Ya –el policía me perdonó la vida con la mirada–. ¿Y qué le ocurre a tu amiga?

Clara estaba con los ojos fijos en la mansión, la expresión ausente.

–Cualquiera diría que ha visto un fantasma –dijo el otro policía. Era más delgado que su compañero y tenía cierto parecido con el actor Leonardo di Caprio.

–¡Clara! –la sacudí por los hombros y reaccionó.

–¿Qué pasa?

–Eso es lo que yo digo –masculló el policía con aspecto de jugador de *rugby*–. Largaos de aquí antes de que nos enfademos.

–¿Y no podríamos hablar con el inspector Boltaña? –insistí.

–El inspector no está aquí –bramó Leonardo di Caprio–. A saber dónde está.

Clara me lanzó un guiño inequívoco que significaba «larguémonos». Allí no hacíamos más que estorbar. Pero yo no estaba dispuesto a irme con el rabo entre las piernas. Al menos lo intentaría.

–¿Pueden llamarlo y decirle que está aquí Sergio Mora, por favor?

Los dos policías volvieron a maldecir sin palabras. Pero cuando creía que me iban a mandar a freír monas, sucedió lo contrario. El más alto sacó el móvil, pulsó unas teclas y, apartándose un poco, se puso a hablar en voz baja, como si temiera que escucháramos su conversación. Colgó enseguida y volvió junto a nosotros.

–¿Qué le ha dicho?

El jugador de *rugby* lanzó un escupitajo sobre unas hierbas y me miró fijamente a los ojos antes de responder.

–Que ahora viene.

Capítulo vigésimo quinto

MEDIA hora más tarde vimos aparecer el coche patrulla por el camino de Vera. El conductor aparcó frente al portalón donde hacían guardia los dos compañeros y enseguida vimos bajar del vehículo a Boltaña y a otros dos agentes uniformados con los trajes reglamentarios. El inspector llevaba su sempiterna gabardina gris.

Saludó a los policías que montaban guardia, preguntó si había novedad y, cuando le dijeron que no, se volvió hacia nosotros.

Antes de dirigirnos la palabra, sacó la picadura de tabaco y el papel, y lio con habilidad un cigarrillo. Se lo puso en la boca despacio, mientras escudriñaba nuestros rostros, encendió una cerilla y prendió fuego al pitillo. Echó un par de caladas sin dejar de mirarnos.

–¿Qué hacéis aquí?

–Hemos leído la noticia en la prensa –exclamé levantando el periódico con la mano derecha, como si fuera un salvoconducto.

Boltaña nos observaba de hito en hito, parapetado tras el humo que envolvía su rostro. Torció la boca y se rascó el mentón con insistencia.

–Os dije que desaparecierais.

–Es que nos gusta pasear por la huerta –arguyó Clara con aire risueño–. No hemos hecho nada malo…

El inspector se giró hacia sus hombres, que se habían desentendido de nosotros y hablaban de sus cosas unos metros más allá.

–¿Quiénes están dentro?

–Salcedo y Larramendi –informó el jugador de *rugby*.

Volvió a mirarnos. Fumó durante unos segundos. El humo dibujaba garabatos azules. Apuró el cigarrillo, lo lanzó al suelo y lo pisoteó hasta deshacerlo por completo. Luego, volvió a fijar sus ojos negros en los nuestros. La cicatriz parecía zigzaguear sobre sus cejas.

–¿Queréis entrar?

Clara y yo parpadeamos sorprendidos. Aquello sí que no lo esperábamos.

–De acuerdo –acepté.

El policía que se parecía a Leonardo di Caprio abrió la puerta para que Boltaña, los dos agentes que habían venido con él y nosotros accediéramos a la propiedad. Atravesamos el jardín, cuya vegetación formaba una maraña salvaje, y comprobamos una vez más que aquel lugar estaba realmente abandonado desde hacía tiempo. Avanzamos por el camino de tierra por el que entraba y salía el furgón blanco, según habíamos visto en alguna ocasión.

Llegamos hasta el pequeño patio que se extendía delante de la mansión y la observamos con detenimiento a la luz de la mañana. El sol le daba justo en la fachada. Todo seguía igual, excepto una cosa.

La estatua de mármol negro había desaparecido.

Los policías Salcedo y Larramendi andaban por allí, echando un vistazo y tomando nota de todo. Al vernos se nos acercaron.

–¿Qué tal? –preguntó Boltaña.

–Esta casa es una caja de sorpresas –dijo el policía en cuya placa ponía A. R. Salcedo–. Hay de todo, como en las tiendas de los chinos.

–Un laberinto, diría yo –añadió Larramendi–. Aquí hay que entrar con una brújula.

Admiramos el escudo blasonado junto a la puerta. El nombre del dueño estaba escrito en letras góticas de color oro: Niemetschek. A su lado, una pequeña rosa negra.

–Entremos –invitó Boltaña, mirándome a mí.

Luego, se dirigió a los dos agentes que habían llegado con él en el coche.

–Vosotros esperad aquí.

El salón era inmenso. Tenía una escalera de mármol que subía a la parte superior describiendo una curva. Los muebles, oscuros, escaseaban. Recorrimos las estancias, una por una. La biblioteca, la cocina, el baño, un cuarto que debía de ser del mayordomo, una despensa... Había varios pasillos que conducían a la zona inferior de la mansión, uno de ellos parecía una rampa. También había habitaciones que debían de servir de talleres o despachos.

–Aquí estaba el laboratorio con la droga –dijo Boltaña, abriendo una puerta.

–¿La droga?

El inspector ordenó que sus dos subordinados alumbraran bien el lugar. Ante nosotros apareció una estancia con grifos, estanterías y armarios. Todo estaba vacío. Sobre una de las mesas, grande como la de un quirófano, había probetas, alambiques, tubos, vasijas, recipientes, redomas... Daba la impresión de ser un laboratorio abandonado.

–Alguien os debió de suministrar alguna sustancia tóxica la noche que entrasteis en la mansión. Aquí hemos encontrado narcóticos y estupefacientes para drogar a media ciudad. Ignoramos el uso que Niemetschek hacía de todo ello. Os drogaron y os dejaron tirados en un parque para que, al día siguiente, lo que habíais visto pareciera una simple alucinación.

Clara y yo escuchamos atónitos. Pero tenía lógica.

–Quienquiera que fuese el que os suministró la droga no quiso mataros –añadió Boltaña–. Es evidente. Solo daros un buen susto.

Durante algunos minutos anduvimos de un lado para otro por aquellas galerías subterráneas, hasta que desembocamos en una puerta enorme y metálica. El agente Larramendi la abrió y entramos en la cámara de los horrores.

La sala estaba herméticamente cerrada, sin una sola ventana o conducto al exterior, oscura como una cueva, a excepción de un pequeño tragaluz. La única iluminación procedía de la puerta por la que acabábamos de asomarnos. En aquel antro de sombras acertamos a distinguir perfiles y contornos irreconocibles.

–Bienvenidos al reino de Plutón, el dios de los infiernos. Aquí no llegan las bondades de la hidroeléctrica, señores –indicó Boltaña con no poca ironía–. Encended las linternas.

Larramendi y Salcedo sacaron los reflectores y alumbraron el interior. A pesar de que Clara y yo ya sabíamos lo que nos íbamos a encontrar, nos quedamos consternados. Ante nuestros ojos, igual que en un museo de la muerte, se exponían diversas maquinarias de tortura, de aspecto casero y rudimentario, pero que ponían los pelos de punta.

–Observad las paredes –señaló el inspector.

Contamos diez antorchas en lo alto, apagadas. Alguien las había distribuido de manera regular por todo el sótano, al que conferían un aspecto de mazmorra medieval.

–Y ahora… preparaos –añadió Boltaña.

En uno de los laterales había una puerta herméticamente cerrada.

–Abridla.

Larramendi sacó un llavero del bolsillo de la chaqueta y probó durante unos momentos, a la luz de la linterna del compañero, con varias de aquellas llaves, hasta que dio con la correcta.

–Os aviso de que no será agradable. ¿Seguro que queréis seguir adelante?

Clara y yo asentimos con una cabezada.

Entramos en un corredor estrecho que bajaba poco a poco, a modo de pendiente hasta un espacio de unos cuatro metros cuadrados. Las linternas de los dos policías alumbraban la oscuridad que nos envolvía como un sudario de muerte. Dos focos de luz que recorrían palmo a palmo las paredes, el suelo y el techo, pintados de negro. El aire flotaba enrarecido y espeso, y empecé a sentir claustrofobia.

Olía a matadero, como las últimas veces que había estado allí.

–¿Qué significa este olor? –me atreví a preguntar.

–Pues esto no es nada –dijo el agente Salcedo–. La primera vez que entramos aquí no se podía ni respirar.

Las palabras de Salcedo me remitieron al día que Clara y yo descubrimos el descuartizamiento de aquel desdichado inmigrante. Recordé el olor a descomposición, los chillidos de las ratas, la sensación de angustia…

En el suelo había una trampilla metálica de un metro cuadrado con una argolla. A una señal de Boltaña, Larramendi tiró de la argolla y levantó la trampilla. Una bocanada de aire nauseabundo nos golpeó en la cara. Nos tapamos la nariz y la boca, y dimos un paso atrás. Salcedo iluminó el interior del pozo.

–¿Qué es eso?

–Niemetschek tenía sus rarezas –reveló Boltaña sin mirarnos; sus ojos estaban fijos en el fondo de aquel sumidero inmundo que olía a podredumbre–. Le encantaba criar ratas. Miles de ratas negras y grandes como conejos. Y esta era la ratonera de la casa.

La luz de Salcedo recorrió el zulo de arriba abajo y de derecha a izquierda varias veces. Estaba cegado y no existía forma posible de entrar y salir de allí si no era por la trampilla que nosotros habíamos abierto.

Horacio Boltaña levantó la mirada y la posó en nosotros.

–Ratas a las que alimentaba con restos humanos.

Subimos por la escalinata de mármol hasta el primer piso. Larramendi y Salcedo nos precedían. De vez en cuando se quedaban parados, como si fueran dos fantasmas desterrados de su jurisdicción etérea y trataran de orientarse a través de la niebla. Entrábamos en habitaciones, recorríamos pasillos que parecían no conducir a ninguna parte. A veces teníamos la impresión de dar vueltas en espiral. Donde menos esperábamos aparecía un cuarto o una escalera. Aquella casa había sido diseñada por un demente. En el segundo piso sucedía otro tanto. Los dos torreones que flanqueaban la parte central de la construcción formaban un puzle de espacios muertos, salas y escalones. Por último, ascendimos a la zona más alta, una especie de minarete desde el que se contemplaban la ciudad y sus alrededores en todas direcciones.

Bajamos hasta el primer piso y entramos en el cuarto donde yo había visto colgadas en la pared las fotografías de los inmigrantes, ampliadas hasta el tamaño de una hoja de periódico.

–En esa pared estaban las fotos que le dije.

Boltaña asintió.

–Han sido retiradas y forman parte del sumario.

Al pasar por delante del óleo de Carlos Buendía, Clara se detuvo y se quedó mirándolo, como extasiada. Bárbara de Montalbán y sus tres hijas posaban para la posteridad. Tatiana, Eva y la pequeña Alexandra. Sobre el fondo verde oscuro, las cuatro mujeres parecían contemplarnos desde el otro lado de la muerte. Los tres policías y yo observamos el cuadro, unos pasos detrás de Clara. Bárbara de Montalbán debió de ser una mujer extraordinariamente bella. El pincel de Carlos Buendía la había retratado de manera soberbia. Volví a experimentar la extraña sensación de que la había conocido, de que aquel rostro hermoso y ovalado, aquellos labios carnosos, aquellos ojos verdes y aquella blancura de nieve no me eran del todo desconocidos. Desvié la mirada y la posé en el rostro de Tatiana, luego en el de Eva y, por último, en el de Alexandra. Era la que más se asemejaba a la madre. A pesar de su corta edad, sus ojos verdes brillaban de un modo especial. Tenía un mirar alegre y directo, lleno de vida, y sus labios se curvaban en una mínima sonrisa.

Clara estaba hipnotizada contemplando el óleo. Cuando Boltaña sugirió que continuáramos con nuestro recorrido por la casa, Clara no se movió del sitio. Seguía observando aquel cuadro sin pestañear, la expresión absorta.

–¡Clara! –exclamé ya a unos metros de ella.

Pero Clara no me oyó. O hizo como que no me oyó. Me acerqué hasta ella y comprobé, asustado, que se había puesto a temblar.

–Clara, ¿qué te ocurre?

De pronto, sin decir nada, perdió el sentido y se desplomó en el suelo.

Capítulo vigésimo sexto

EL doctor salió con el maletín de la habitación. Ismael Rovira, el inspector Boltaña y yo, que aguardábamos sentados alrededor de la mesa camilla, nos levantamos al unísono. Habló antes de que le preguntáramos.

–No es nada grave. Ha sufrido un desvanecimiento sin importancia. Tiene el pulso débil, pero las constantes son normales. Lo único que necesita es un poco de reposo.

Ismael parecía más viejo que nunca. Lo observé con detenimiento, el pelo más blanco, las arrugas que adornaban su rostro un poco más acentuadas.

–¿Un café, Antonio?

–No, Ismael. Gracias. He de abrir la consulta dentro de cinco minutos y voy a llegar con media hora de retraso. Los pacientes me van a matar.

–Como quieras.

Ismael acompañó al doctor hasta la puerta y regresó enseguida junto a nosotros. La cafetera humeaba sobre la mesa. Nos sentamos y durante unos momentos permanecimos en silencio, mientras el anfitrión llenaba las tazas.

–Lamento decir que el caso de Niemetschek aún no está cerrado –dijo Boltaña después de tomar el primer trago de café–. Hemos detenido a su mayordomo, un individuo deforme del que no hemos conseguido sacar ninguna información. No solo no habla español, sino que debe de tener alguna tara cerebral. Es más fuerte que un oso y hemos necesitado media docena de agentes para reducirlo. Según nuestros informes, es un psicópata llamado Borivoj Škvorecký, de origen también checo, que estaba internado en el psiquiátrico de Núremberg donde coincidió con Niemetschek. Borivoj debió de sentir fascinación por el checo porque se convirtió en su fiel lacayo. Parece ser que en algún momento debió de quemarse la cara con salfumán o con otra sustancia abrasiva, y alguien, tal vez el propio Niemetschek, se la reconstruyó, pero la operación tuvo que resultar más complicada de lo previsto, porque la cara de Škvorecký, sinceramente, causa pavor.

»Niemetschek volvió para vengarse, ahora ya lo sabemos. Por su historial, y usted lo sabe bien –dijo señalando a Ismael Rovira con los ojos–, siempre fue un hombre con una mente prodigiosa, aunque también imprevisible y, hasta donde sabemos, cruel –Boltaña se quedó callado un instante, que aprovechó para mover la cucharilla y llevarse la taza a los labios–. Regresó dispuesto a sembrar el terror en aquellos que habían destrozado su felicidad. Jamás se supo quiénes mataron a su mujer y a sus hijas e incendiaron la mansión con ellas dentro. Sin embargo, sí se hizo pública en diversos medios la noticia de que se trataba de una banda de inmigrantes de color, con toda probabilidad africanos. Este rumor nunca fue confirmado, pero Niemetschek no tenía tiempo para averiguaciones. Le resultaba mucho más sencillo matar directamente. Le bastaba tan solo que la víctima cumpliera esos requisitos raciales.

»Con la ayuda de su criado, Niemetschek se puso manos a la obra. Volvió a levantar la casa y comenzó la masacre. Solo necesitaba un lugar para torturar y asesinar de la forma más cruel posible y un vertedero donde hacer desaparecer los cuerpos. Tú mismo –me señaló a mí– viste el sótano donde Niemetschek instaló su particular cámara de los horrores. Y también viste el pozo donde se hacinaban los cuerpos mutilados y torturados de los desgraciados que caían bajo sus garras.

»En cuanto a Niemetschek, no sabemos dónde se ha escondido. El día que entramos en la mansión no hubo manera de dar con él, y eso que la operación contaba con veinte policías, que registraron el edificio más de diez veces. Hemos puesto vigilancia permanente para que nadie entre o salga de la casa, hemos tanteado paredes, explorado galerías y pasillos… Solo nos falta contratar los servicios de un médium –Boltaña exhaló un suspiro de resignación–. ¡Niemetschek se ha evaporado! ¡Igual que esa maldita estatua negra de la que me habéis hablado!

Ismael seguía impertérrito las explicaciones del inspector de policía. Cuando Boltaña terminó de hablar, el rostro del viejo psicólogo se había contraído en una mueca de preocupación.

–Otto es un especialista del escapismo, como Houdini, que fue uno de sus maestros –dijo con su voz bien modulada de barítono italiano–. Lo he visto hacer cosas inimaginables para el resto de los mortales. Siempre sorprendía con algo nuevo. Su repertorio era infinito. Yo lo admiraba sinceramente, aunque en el fondo de mi corazón albergaba un vago temor que nunca fui capaz de admitir –Ismael se pasó la mano por la cara en claro gesto de cansancio–. Ya sé que lo que digo les parecerá imposible, pero les aseguro que he visto con mis ojos cosas que no han podido explicar ni la ciencia ni la razón.

»En cierta ocasión, convirtió a un perro en un pedazo de gelatina. Otra vez, vi cómo transformaba a un gato en una figura de cristal. También he presenciado cómo él mismo desaparecía de una habitación cerrada herméticamente o cómo sobrevivía después de aguantar sumergido bajo el agua durante una hora. Ese es Otto Niemetschek. El mejor.

»No me sorprende que veinte policías registraran varias veces la casa y no hallaran ni rastro de él. Puede estar en cualquier lugar y llevar a cabo la atrocidad más inesperada. Hasta que él mismo no decida poner fin a esta historia, no creo que ustedes puedan hacer demasiado.

Ismael dejó de hablar y se quedó callado, con la mirada perdida en la taza de café, que se había enfriado sin que lo probara. Volvió a pasarse la mano por el rostro por enésima vez.

–Usted fue su ayudante durante muchos años –recordó Boltaña– y además es psicólogo. ¿Qué cree que puede estar tramando a estas horas? Intente meterse en su mente.

Ismael contempló abatido al inspector.

–Nadie puede saber lo que pasa por su cabeza –indicó en tono lastimero–. Niemetschek es un individuo imprevisible. Lo mejor será que estén preparados para cuando llegue ese momento.

Boltaña y yo nos levantamos. Había llegado la hora de marcharnos. Ismael se asomó a la habitación, pero regresó enseguida y nos acompañó a la puerta.

–Clara duerme.

El inspector Horacio Boltaña se acarició la barbilla. En mitad de su frente, la cicatriz parecía una sutura de sombra.

–Señor Rovira, ¿hay algo que yo debería saber y que todavía no me haya contado?

Ismael aguantó la mirada directa del policía sin atreverse a pestañear. Por un instante, pensé que iba a añadir un detalle o un dato, pero al final movió la cabeza y negó con un movimiento leve.

–No creo –dijo.

–Cuide de Clara.

El policía y yo bajamos a la calle y anduvimos juntos un rato, hasta que llegamos al cruce de Ruzafa. Me tendió la mano amistosamente.

–Bueno, Sergio. Dedícate a estudiar y no te metas en líos. Recuerda que esta historia aún no ha terminado. Niemetschek anda suelto y ahora sabemos con total certeza que es un psicópata asesino, capaz de cualquier atrocidad.

–No se preocupe, inspector. Sabré cuidarme.

Boltaña echó a andar, enfundado en su gabardina, los andares firmes, en dirección a quién sabía dónde. Lo vi perderse entre el gentío, como un viandante anónimo entre miles de viandantes anónimos, y estuve observándolo hasta que su silueta desapareció al doblar una esquina.

Solo entonces me di cuenta de que una tristeza sin contornos invadía mi ánimo. Sí. Me sentía triste. Aquella historia endemoniada parecía que no iba a acabar nunca. Además, estaba convencido de que Ismael Rovira nos había ocultado lo más importante de la historia. Aunque tal vez fuera solo un presentimiento o una intuición.

Lo que más me preocupaba, sin embargo, era lo sucedido a Clara. Su desvanecimiento ante el óleo de Carlos Buendía no presagiaba nada bueno.

El domingo me levanté temprano. Había soñado con Bárbara de Montalbán y sus tres hijas. Antes de meterme en la cocina y prepararme el desayuno, encendí el ordenador, abrí Google y tecleé «cementerio municipal». Encontré una pestaña que decía «Localización de difuntos». Se me abrió una página, con un breve formulario: «Introduzca los datos de identificación. Nombre. Fecha de inhumación».

Le di a «Buscar» y esperé unos segundos.

Se abrió otra página, tipo ficha, que detallaba otros datos: «Relación de difuntos». «De Montalbán Osorio, Bárbara». «Fecha de inhumación: 10-05-2002». «Ubicación: cementerio general». Me permitía pulsar sobre el nombre. Lo hice y apareció una nueva ficha, mucho más detallada del emplazamiento de la tumba.

«Cementerio general. Tipo de unidad de enterramiento: mausoleo familiar. Sección cuarta derecha, grupo B».

A continuación había un plano a color de la ubicación, con flechas indicando los accesos y las salidas: entrada principal, entrada bulevar, entrada crematorio, entrada San Isidro.

Luego repetí la operación con Tatiana, con Eva y con Alexandra, y comprobé que las cuatro estaban enterradas en el mismo lugar.

Mandé imprimir, guardé los folios en la mochila y, tras tomarme un vaso de leche de pie en la cocina, me lancé a la calle.

Arrancaba el mes de febrero y en el cielo brillaba un sol amarillo y poderoso. Tenía una buena caminata por delante, pero no me importaba. El invierno expiraba y la ciudad ofrecía un aspecto estupendo.

Tardé unos cincuenta minutos en llegar. La puerta principal me esperaba abierta de par en par. Era temprano todavía y había muy poca gente. Supuse que los visitantes empezarían a aparecer a partir de media mañana. Los jardineros del cementerio debían de haber regado los arbustos y los árboles que crecían aquí y allá porque el aire olía a vegetación húmeda y fresca.

Sabía que si me ponía a indagar por mi cuenta tardaría varias horas, así que busqué con la mirada a quién preguntar. Vi a un tipo rubio con coleta, de unos treinta y pocos años, llevando una carretilla. No tenía pinta de sepulturero, sino de artista bohemio, de esos que se ganan la vida pintando retratos rápidos en las playas. Se detuvo delante de un nicho vacío, en la fila de abajo de un bloque, y se puso a maniobrar en él. Me acerqué decidido.

–Perdona, ¿trabajas aquí?

Mi sombra se proyectó sobre su rostro. El tipo aquel se levantó, se puso la mano derecha a modo de visera y me obsequió con una sonrisa de compromiso.

–En efecto. ¿Puedo ayudarte en algo?

–Busco un mausoleo. Sección cuarta derecha, grupo B.

–Eso está aquí mismo. Vamos, te acompaño.

Anduvimos durante tres o cuatro minutos por un laberinto de muertos. Mientras caminábamos me iba contando anécdotas del cementerio: qué personaje importante yacía enterrado allí, quién se pudría allá, cuántos funerales se hacían a la semana... Me di cuenta de que aquel individuo no era un patán, por lo que pensé que tal vez podía tratarse de un médico o un arquitecto en paro, que se ganaba la vida como podía. Por ejemplo, enterrando muertos y adecentando el camposanto. Con la maldita crisis, la gente se buscaba el oficio más extraño con tal de sobrevivir.

De pronto mi guía se detuvo y señaló con el brazo.

–Esa es la tumba que buscas.

–Gracias.

El sepulturero se despidió y me quedé solo.

El mausoleo era una construcción de piedra negra con una reja de hierro forjado en la parte delantera para evitar el paso de curiosos. A través de la reja podían verse los cuatro sepulcros de mármol también negro. Leí los nombres escritos: Bárbara de Montalbán, Tatiana Niemetschek, Eva Niemetschek, Alexandra Niemetschek. Todas tenían las fechas de nacimiento y muerte. El monumento funerario no constaba de nada más. Ni frases piadosas ni ornamentos. Era tal vez el mausoleo más sencillo que había visto en mi vida.

Lo único que había era un pequeño tiesto de piedra basta en la parte exterior del monumento, junto a la reja, con un ramo de orquídeas blancas completamente mustias.

Me extrañó que colocaran el ramo en el exterior, donde le daba el sol de lleno. Lo lógico era que las flores se pusieran en el interior del mausoleo, junto a los sepulcros de los seres queridos. Así, además, evitarían los rigores del sol y aguantarían frescas mucho más tiempo.

No. No tenía sentido.

¿Quién podía haber puesto allí aquellas flores?

¿Otto Niemetschek?

¿Su criado, el simio?

Volví a mirar las orquídeas y calculé a ojo que no debían de llevar en aquel recipiente más de una semana. Si el mayordomo había sido detenido y encerrado en la cárcel, nadie sino Niemetschek podía ser el autor de la ofrenda.

Contemplé otra vez los sepulcros de mármol negro. El de Alexandra era pequeño. Sentí una lástima infinita por aquellas cuatro almas y traté de imaginar una vez más la terrible escena de su muerte casi catorce años atrás.

Me marché de allí cabizbajo. Siempre me provoca una gran tristeza visitar los cementerios. El olor de los cipreses y de las flores lacias que adornan las tumbas, la sensación de orfandad de tantos muertos deshaciéndose en polvo, las tumbas cubiertas de líquenes y humedad, los nichos numerados, los ángeles de piedra sobre los monumentos funerarios, como heraldos de un mundo de pesadilla… Todo insufla en mi ánimo un sentimiento de desolación y de pérdida.

Estaba pensando en abandonar el cementerio y empezaba a buscar la salida, cuando descubrí la figura de Ismael Rovira ante una lápida.

Acababa de colocar un ramo de orquídeas blancas y se había arrodillado. Permanecía con la cabeza baja, supuse que rezando o llorando, y tenía otro ramo de orquídeas blancas en la mano derecha. Lo miré desde la distancia, dudando entre acercarme y saludarlo o marcharme.

De repente se puso de pie, hizo el gesto de mandar un beso a quien estuviera enterrado allí y abandonó el lugar con aire triste. Vi que, en vez de salir del cementerio, se dirigía hacia el interior, como si fuera en busca de otro nicho con aquel ramo de orquídeas que portaba en la mano derecha. Me extrañó su actitud y decidí seguirlo. Di un rodeo para acercarme al nicho donde había estado Ismael unos momentos antes. Era la tumba de Clara Monzón, su esposa, muerta en el año 2000, el mismo día que nació Clara.

Advertí que Ismael desaparecía por una esquina. Si no me daba prisa iba a perder su pista. Sentía curiosidad por saber quién era el destinatario del segundo ramo. Lo seguí a distancia, camuflándome entre los numerosos visitantes que poblaban el camposanto. Sin acercarme demasiado, espié todos sus movimientos, y me quedé de una pieza cuando vi que se detenía ante el mausoleo de Bárbara de Montalbán, Tatiana, Eva y Alexandra.

Ismael retiró las flores mustias del recipiente de piedra y colocó el ramo de orquídeas blancas que llevaba en la mano. Luego, fue hasta una fuente cercana, llenó un cubo de plástico con agua y regresó. Regó las orquídeas y volvió a dejar el cubo en la fuente.

Vi que se arrodillaba delante del mausoleo, se santiguaba y agachaba la cabeza, tal como había hecho ante la tumba de su esposa. Desde la distancia no podía saber si rezaba o lloraba. Durante un buen rato, Ismael permaneció de rodillas delante de la reja, ante los cuatro sepulcros que encerraban los restos de la mujer y las hijas de su amigo Otto Niemetschek.

Poco después Ismael se levantó, hizo el gesto de dar un beso con la mano y se marchó de aquel lugar como un alma en pena.

Y yo me quedé completamente desconcertado, sin saber qué era lo que estaba pasando allí.

Capítulo vigésimo séptimo

POR espacio de varios días viví con una insoportable sensación de perplejidad. En casa las cosas marchaban bien. Las relaciones con mi tía Adriana eran cada día un poco más agradables. Ella no se metía demasiado conmigo y yo me sentía a gusto. Mi tía alternaba momentos de depresión con momentos de cierta animación. Jamás hablábamos de su marido, mi tío Pascual, a quien yo recordaba como un hombre tímido y silencioso, de esos que pasan por la vida sin dejar mucha huella. Claro que aquella impresión era la que yo me había formado, siendo niño, de un adulto con el que no había cruzado más de cinco palabras en toda la vida.

En el instituto me limitaba a pasar lo más desapercibido posible. El expediente y la expulsión de un mes formaban parte de la historia. Sin pretenderlo, se había formado alrededor de mí una leyenda de tipo duro que me preservaba de los alumnos del estilo del Quincalla y me granjeaba cierta admiración entre el público femenino, aunque a mí todo aquello me daba igual.

Pronto vendrían los exámenes del segundo trimestre y tenía que admitir que no me había enmendado. Mis buenos propósitos para mejorar las calificaciones se habían quedado en agua de borrajas. Si no ponía remedio, y pronto, iba a sacar aun peores notas que en la primera evaluación.

Ripoll me explicaba Matemáticas y Física siempre que se le brindaba la ocasión, con un entusiasmo propio de un joven profesor, pero yo me aburría con tanto número y tanto logaritmo, y seguía sus razonamientos sin enterarme mucho, mientras la mente se me iba una y otra vez a la mansión de Niemetschek y la extraña actitud de Ismael Rovira en el cementerio.

–Estos procesos científicos son pan comido, Mora... Toma nota.

Cuando Óscar se ponía en plan doctoral, empezaba a utilizar tecnicismos y a llamarme por el apellido, como si ambos fuéramos catedráticos de alguna disciplina humanística o dos investigadores al servicio de una empresa multinacional y tuviéramos que guardar las distancias y el respeto en aras de una relación estrictamente profesional. Los procesos científicos en los que Ripoll trataba de introducirme con nulo éxito hacían referencia a las ecuaciones de segundo grado y operaciones matemáticas similares.

El jueves por la tarde Clara y yo dimos una vuelta por la ciudad a la salida del conservatorio. Parecía más pálida que de costumbre y sus pupilas despedían un brillo apagado, que no me pasó desapercibido.

–Hace días que quería hablar contigo –me dijo mientras paseábamos por la plaza de la Virgen.

–Me tienes localizado las veinticuatro horas del día –le respondí con cierto tono humorístico, pero ella no sonrió.

–Estoy preocupada. Llevo una semana teniendo el mismo sueño.

Le cogí la mano y noté que la tenía fría como el mármol.

–Un sueño muy extraño –añadió.

–Está bien. Cuenta.

–Sueño que estoy en un espacio muy pequeño, un armario o un cubículo en el que apenas cabe mi cuerpo. Estoy encerrada y casi no puedo moverme. Siento una claustrofobia terrible. Me he escondido de alguien que quería hacerme daño. Oigo voces, gritos, pasos de gente que corre, ruidos de muebles cayendo al suelo. Y huelo a fuego, a humo. Cuando pienso que me voy a asfixiar, me despierto aterrada, sudando como en una sauna, creyendo que estoy en el infierno.

Al llegar ante la puerta de la catedral nos detuvimos.

–No te preocupes –apunté tratando de animarla–. Los sueños no suelen tener nada que ver con la realidad. Yo he soñado muchas veces que jugaba a fútbol en el Bayern de Múnich, y ya ves.

–¡Quién sabe! Todavía estás a tiempo.

Le di un beso en los labios.

–No creo que juegue nunca en el Bayern de Múnich porque tendría que aprender a hablar alemán, y a mí los idiomas se me dan igual que la Física. Y si no te lo crees, pregúntale a Ripoll.

–¿Qué te parece si subimos al campanario? Todavía me acuerdo del día que nos conocimos. Fue aquí, en la catedral. ¿Recuerdas?

–¡Cómo no voy a recordarlo!

–¿Subimos otra vez?

–Venga.

Quince minutos más tarde estábamos los dos en el lugar más alto de la ciudad. Doscientos nueve escalones. La luz se derramaba, dulce y amarilla, lo mismo que un tul transparente, sobre los tejados y las azoteas. Durante unos minutos permanecimos en silencio, contemplando la ciudad a vista de águila. La gente y los coches se veían diminutos, como insectos en un hormiguero. A lo lejos, por la parte este, admirábamos el mar, una lámina azul bajo la bóveda del cielo. El puerto y los muelles rebosaban de grúas, barcos y estructuras de hierro. Los otros puntos cardinales se perdían en una lejanía de campos, poblaciones vecinas y bosques.

Asomados a la barandilla, también podíamos distinguir el trazado urbanístico de la ciudad. Las calles zigzagueaban, como cicatrices entre manzanas de edificios.

–Me gustaría poder volar –dijo Clara con los ojos entrecerrados.

La miré al contraluz. Al otro lado, el sol brillaba igual que una ciruela de oro. El perfil de su rostro se destacaba contra el azul anaranjado del atardecer. Estaba bellísima.

–¿Por qué no le preguntas a tu padre?

Clara volvió el rostro hacia mí.

–¿Qué dices?

–Lo del sueño. ¿Tu padre no es psicólogo? Además, una vez me comentó que es un admirador de Freud. A lo mejor él puede interpretar tu sueño.

–No sé. Me da miedo.

En aquel momento vimos pasar dos pájaros cerca de nosotros. Volaban haciendo piruetas y volteretas, como si estuvieran borrachos.

–¿Qué clase de pájaros pueden ser esos? –pregunté.

–Ni idea.

–¡Qué bien vuelan! Parece que estén jugando –aventuré.

–Están bailando la danza del amor –indicó Clara con una mueca picarona.

La contemplé, sorprendido.

–Los pájaros también tienen sus ritos –añadió sin dejar de contemplarme de forma provocativa–. Igual que las personas.

Me acerqué hasta casi rozar su hermoso rostro. La miré a los ojos fijamente y ella aguantó la mirada. Su barbilla comenzó a temblar.

–Te quiero –le susurré.

Sonrió nerviosa.

–No me fío de tus palabras. Tendrás que demostrármelo con hechos.

Incliné la cabeza y puse mis labios sobre los suyos con ternura. Ella enlazó sus brazos por encima de mis hombros, cerró los ojos y se entregó al beso.

Había pasado casi un mes desde que la policía entrara en la mansión La Rosa Negra y desmantelara el arsenal siniestro de Niemetschek.

Borivoj, el mayordomo simiesco, estaba a buen recaudo, mientras la justicia decidía qué hacer con él, si mandarlo definitivamente a la cárcel o enviarlo a un hospital psiquiátrico. Lo que quedaba de los cadáveres de los siete inmigrantes fue devuelto a las familias, para que las víctimas tuvieran unas exequias dignas.

Pero el tiempo transcurría y pronto la historia de Niemetschek fue pasando a un segundo plano. Dos semanas después de la intervención de la policía, se puso fin a la vigilancia sobre la propiedad. Otto Niemetschek había vuelto a demostrar que era el mejor escapista del mundo. Nadie sabía cómo había desaparecido ni dónde podía estar escondido. Tampoco fue posible encontrar la estatua de mármol negro.

No volvimos a encontrarnos a Horacio Boltaña. Clara y yo tratábamos de regresar a la normalidad, si eso era posible. Ella seguía padeciendo sueños claustrofóbicos en los que creía perecer ardiendo y yo intentaba encontrar el equilibrio entre mis estudios y Clara.

Ismael Rovira y yo habíamos sellado un pacto tácito para no volver a hablar del tema. Su visita al panteón de Bárbara de Montalbán y sus hijas me tenía desconcertado. Él guardaba un silencio total sobre su vida y yo fingía que se me había olvidado todo. Pero uno y otro sabíamos que la tragedia no había terminado. Niemetschek seguía vivo y ambos temíamos que algún día regresaría de las tinieblas para poner el punto final a aquella endiablada historia.

En esta incertidumbre pasó el mes de marzo. Las notas del instituto volvieron a ser malas. De nuevo viajé a Zaragoza, para pasar las vacaciones de Semana Santa con mis padres, y en mi casa el ambiente se tornó casi irrespirable. Aunque mi madre era muy comprensiva, no podía ocultar su decepción, porque para ella las notas eran lo primero y yo caminaba en línea recta hacia el abismo. Mi padre trataba de suavizar la situación, pero al final siempre se ponía de parte de ella y entre los dos me hacían sentir mal conmigo mismo.

–¡Estoy arrepentida de haberte mandado con mi hermana! –gritaba mi madre–. ¡El año que viene te vuelves a Zaragoza!

No me sentía con fuerzas para replicar nada.

Un sábado de abril, Clara me sacó del sueño a las ocho de la mañana.

–¡He tenido otra horrible pesadilla!

Me armé de paciencia, mientras bostezaba.

–Necesito volver a La Rosa Negra –añadió.

–¿Para qué?

–No lo sé –su voz delataba cierto nerviosismo al otro lado de la línea–. Pero tengo que volver. Contigo o sin ti. ¡Ya no puedo más!

–Está bien –acepté a regañadientes–. Me doy una ducha y voy para tu casa.

Hacía dos meses que no habíamos vuelto por allí. La primavera se encontraba en todo su apogeo y los días comenzaban a ser más largos.

Llegamos a media mañana. La mansión parecía definitivamente abandonada. Contemplamos la tapia, que daba muestras de evidente deterioro, y las copas de los árboles, cuyas ramas sobresalían por encima del muro. Llegamos hasta el portalón, cerrado, y volvimos a leer el nombre escrito en el azulejo y devorado por el tiempo. La Rosa Negra. Clara empujó el portalón y, ante nuestra sorpresa, se abrió con un desagradable crujir de goznes.

Lo empujamos un poco más con cierto temor y nos asomamos. El jardín seguía semejando una selva amazónica y salvaje. La maleza crecía sin orden ni concierto, impidiendo el paso. Los árboles se abrazaban unos a otros, enroscando sus ramas, atacados por un frenesí primaveral que lo cubría todo de verde. Miles de hojas y ramas nuevas brotaban en los brazos de los plátanos, de las acacias, de los eucaliptos. Un ejército de pájaros cantaba y revoloteaba sin parar en aquel caos vegetal.

Comenzamos a caminar como dos aventureros en una jungla desconocida, saltando matorrales, esquivando ramas, pisando sobre troncos caídos, hasta que llegamos al pequeño patio que se extendía ante la mansión.

A nuestra izquierda, la fuente de piedra había sido invadida por la hiedra y las plantas trepadoras. La estatua de mármol negro seguía desaparecida. El edificio recordaba el cadáver de un monstruo de cemento. Todas las ventanas y puertas permanecían cerradas. Bordeamos la casa y comprobamos que no había un solo resquicio por el que entrara en el interior de la construcción la luz del exterior.

Llegamos al patio trasero. Nos acercamos al sauce y advertimos, extrañados, que de nuevo estaba lleno de diminutas gotas de agua, brillantes.

Las lágrimas del sauce.

Clara y yo nos miramos sin comprender. Estábamos en abril, brillaba un sol primaveral y era media mañana. ¿Cómo era posible que aquel sauce estuviera mojado, como si acabara de llover?

Miles de rosas negras crecían alrededor.

Clara acercó la nariz y aspiró el aroma que emanaba de ellas.

–¡Huelen a muerte!

Dejamos aquel lugar y regresamos a la casa. La portezuela lateral parecía cerrada. No sé por qué lo hice, pero me acerqué y tanteé. Descubrí, sorprendido, que también estaba entreabierta, igual que el portón de la tapia.

–¿Te animas? –pregunté.

Clara me miró, asustada.

–Será solo un momento –añadí.

Empujé la portezuela y me colé dentro. Clara entró detrás de mí. Avanzamos por el pasillo, lo mismo que la vez anterior, pero modifiqué el recorrido. Giré a la derecha y enseguida desembocamos en la cocina y el laboratorio. Todo estaba sumido en una penumbra azulada. Entramos en el salón principal. Había varios candelabros en la estancia, grandes y macizos, cuyos brazos sostenían velones encendidos que arrojaban sobre el salón una luz fantasmagórica, como la que habíamos visto en el sótano del terror.

¿Quién se había molestado en encender aquellas velas? ¿Acaso había alguien esperándonos?

Sin embargo, la sorpresa mayor era el dibujo que se veía en el centro de la sala. Era un mosaico enorme y representaba una gran rosa negra.

Sentí que un escalofrío me recorría la espalda. ¡Aquella rosa negra no estaba allí el día que visitamos la casa con el inspector Boltaña!

–¿Cómo es posible…?

Me volví hacia Clara, que se hallaba absorta, la mirada perdida, el gesto confuso. La luz espectral de los cirios confería a la estancia una dimensión de catacumba. La cogí por los hombros.

–¡Clara! ¿Qué te ocurre?

Clara no me respondió. Me contempló como si no me conociera. A través de las sombras amarillas que nos rodeaban, sus ojos se habían posado en mí, pero no me veían porque miraban más allá, detrás de mí, detrás de todo, zozobrando en el infinito. Era una mirada vidriosa, demente, lejana. Como la de los maniquíes.

–¡Clara! ¡Por Dios!

Clara comenzó a caminar como una sonámbula y yo la seguí, extrañado. Caminaba con movimientos seguros, guiada por una voz o una fuerza invisible, igual que una muñeca que está siendo movida por control remoto. Subió la escalinata de mármol, dobló hacia el pasillo de la derecha, se detuvo delante del cuadro de Carlos Buendía. Unas lágrimas diminutas cayeron de sus ojos y resbalaron por sus mejillas. Luego descendió por una escalera interior y llegó a un rellano de diez metros cuadrados. Se paró. Tanteó por la pared, hasta dar con un botón camuflado entre los azulejos. Lo pulsó y al momento se abrió una trampilla en la pared, una ventana o compuerta de medio metro de altura. Era una especie de ratonera.

–¿Qué diablos…?

Clara no me escuchaba, no me veía, estaba como en trance. Se puso en cuclillas y se metió dentro de aquel agujero. Su comportamiento me tenía sobrecogido y había conseguido asustarme.

Fue entonces cuando oí una risa siniestra en alguna parte de la casa.

Se me pusieron los pelos de punta.

Quise tirar de Clara, sacarla de allí, pero me resultaba imposible. Clara se había encajonado en la ratonera y no había forma de hacerla salir.

La carcajada siniestra volvió a resonar por toda la casa.

No. No había sido un espejismo. Era verdad.

No estábamos solos en aquel lugar.

Capítulo vigésimo octavo

Aterrado ante la posibilidad de que se tratara de Otto Niemetschek, hice lo único que podía hacer en aquellos momentos: llamar al inspector Horacio Boltaña. Afortunadamente, había grabado su número en mi agenda. No sé cómo acerté a explicarle lo que estaba sucediendo en la mansión La Rosa Negra. Las palabras se me atropellaban en la boca y el miedo me tenía paralizado el cerebro.

–¡Voy enseguida! –gritó sin aliento Boltaña antes de colgar el teléfono.

Me acuclillé y tiré de Clara, que esta vez se dejó arrastrar por mí. Conseguí sacarla de la ratonera y empecé a correr, tirando de ella, el corazón saliéndoseme por la boca, sin dejar de oír aquella risa lúgubre a nuestras espaldas. Teníamos que huir al precio que fuera.

El pánico nos hacía ir hacia delante y hacia atrás, buscando la manera de esquivar la presencia de Niemetschek. Sus carcajadas tan pronto se oían en el piso inferior como en el superior, en el ala norte como en el ala sur. Parecía que Niemetschek o quien demonios fuera el autor de aquella risa espeluznante estuviera en todas partes. Perdí el control de la situación y empecé a rezar para que Boltaña llegara cuanto antes.

Bajamos la escalinata de mármol y cruzamos el salón, pero cuando íbamos a meternos en el pasillo que conducía hacia la portezuela lateral ocurrió algo que nos heló la sangre.

La estatua negra nos cerraba el paso.

Se erguía ante nosotros, mirándonos con sus ojos ciegos.

A nuestras espaldas seguía atronando la carcajada de Niemetschek.

Me volví presa del pánico y traté de abrir la puerta principal, pero era imposible. La habían cerrado a cal y canto. Intenté forzar alguna ventana, con el mismo resultado. Clara y yo nos encontrábamos en una situación claustrofóbica, sin poder escapar, encerrados en aquella mansión diabólica, sintiendo la presencia invisible de Niemetschek a nuestro alrededor.

Clara se acercó como hipnotizada a la estatua de mármol negro. Ambas se hallaban a medio metro la una de la otra. Pensé que Clara corría un grave peligro y me acerqué con intención de apartarla, pero me quedé petrificado por el espanto cuando comprobé que los ojos de la estatua estaban llenos de lágrimas.

De pronto, extendió sus dedos de piedra y acarició el rostro de Clara.

Las carcajadas volvieron a sonar, estridentes, desagradables, lo mismo que un eco demoníaco, y entonces sucedió lo más extraño.

La estatua negra comenzó a licuarse poco a poco. El mármol del que estaba hecha empezó a supurar una sustancia líquida que parecía gelatina negra. Se deshacía lentamente ante mis ojos desorbitados por la incredulidad, igual que un muñeco de cera derritiéndose. Pronto sus facciones, sus brazos, su cuerpo, todo en ella se convirtió en una masa líquida, hasta que formó un charco inmenso, semejante a alquitrán o petróleo, sobre la rosa negra dibujada en el centro de la sala. La estatua se había deshecho en lágrimas negras.

Clara seguía como hechizada.

La risa siniestra volvió a resonar en toda la casa y al alzar la mirada lo vi en la parte superior de la escalinata. Alto, pálido, esquelético, enfundado en un traje negro, los ojos encendidos en un fulgor de odio contra el mundo, la expresión demoníaca. Niemetschek lanzó una carcajada terrible y supe que debía reaccionar si no quería que aquel tipo nos convirtiera en picadillo.

Agarré a Clara y me la llevé conmigo a la fuerza. Teníamos que salir al exterior y echar a correr. Al llegar a la portezuela trasera descubrí aterrado que estaba cerrada. Busqué desesperadamente la manera de salir de aquella prisión, pero no sabía cómo. Las ventanas habían sido selladas. Empecé a correr con Clara cogida de mi mano por las galerías subterráneas, huyendo de Niemetschek, de su risa, sin saber hacia dónde iba. Las carcajadas sonaban con mil ecos diabólicos y por un momento creí estar corriendo por las galerías del infierno.

En mi alocada carrera no me di cuenta de que corría siempre en espiral. Pronto regresé al salón principal. Niemetschek nos esperaba sonriendo, las pupilas encendidas. Se acercaba despacio, bajando por la escalinata como si dispusiera de todo el tiempo del mundo para acabar con nosotros. Estaba convencido de que aquel individuo no tendría reparos en hacernos desaparecer del mundo.

Desesperado, di un salto y trepé por una de las cortinas con ánimo de forzar una ventana. Lo único que conseguí fue tirar un candelabro al suelo. El fuego de los cirios prendió enseguida por la cortina. Golpeé la ventana, pero era imposible romperla. Me entró el pánico y caí al suelo, rodando igual que una peonza. Me levanté, como impulsado por un muelle, sin importarme el golpe recibido, y volví rápidamente junto a Clara. La sacudí por los hombros hasta casi descoyuntarla. ¡Tenía que conseguir que reaccionara!

Niemetschek seguía avanzando hacia nosotros sin prisa, ajeno al fuego que había comenzado a prender en las otras cortinas y se elevaba hacia el techo en densas espirales de humo y cenizas.

Clara pareció despertar entonces. Me miró con ojos desencajados.

–Sergio, ¿dónde estamos?

Supe que había regresado del mundo de los muertos y la abracé con fuerza.

En aquel momento empezamos a oír sirenas de policía en las afueras de la casa y escuché aliviado la voz del inspector Boltaña a través del megáfono.

–¡Sergio! ¡Clara! ¿Dónde estáis?

Para entonces el incendio había comenzado a devorar el edificio. El fuego nos envolvía por todas partes. A través de las llamas vi el rostro demoníaco de Otto Niemetschek, contemplándome fijamente. Nos miramos durante unos segundos eternos, mientras la casa ardía y se desmoronaba alrededor de nosotros, como una catedral de fuego. Los ojos de Niemetschek se posaron sobre Clara y su rostro se demudó.

Ahora sus ojos ya no eran los ojos de un loco, de un demonio que desea destruir el mundo. Eran los ojos de alguien que desea encontrar la paz.

El artesonado comenzó a desmoronarse, devorado por las llamas.

Niemetschek dio un salto y apartó a Clara de un manotazo, justo a tiempo de evitar que una viga ardiendo la aplastara. La viga cayó sobre el suelo, deshaciéndose en un estruendo de fuego.

¡Niemetschek acababa de salvarle la vida a Clara!

Luego se volvió hacia la puerta principal. Alzó sus brazos en dirección a ella y murmuró algo ininteligible. Al instante, la puerta se abrió como empujada por un huracán.

Agarré a Clara y salimos en tromba al exterior, antes de que el artesonado del salón cayera definitivamente sobre nosotros en un torbellino de devastación.

Boltaña y media docena de policías nos recibieron en el patio exterior. Pero no había tiempo para saludos y celebraciones. La casa seguía ardiendo por los cuatro costados, un cataclismo de fuego que consumía puertas, ventanas, torreones, paredes y todo lo que encontraba a su paso.

De repente volvimos a escuchar la carcajada siniestra de Niemetschek. Uno de los policías señaló hacia arriba.

–¡Allí!

Miramos hacia la parte alta. Asomado al minarete que coronaba el edificio, entre las dos torres laterales, encima de la cúpula, Otto Niemetschek se erguía, desafiando al mundo, envuelto en llamas.

–¿Qué hace ese loco? –exclamó Horacio Boltaña.

Resultaba evidente que Otto Niemetschek había elegido poner fin a su vida. Vimos cómo las llamas lo envolvían mientras sus carcajadas seguían resonando como un eco macabro. Pronto desapareció de nuestra vista tragado por la hoguera infernal que lo devoraba todo.

No podíamos hacer nada por La Rosa Negra, sino presenciar su agonía y su muerte.

Cuando llegaron los bomberos, ya era demasiado tarde para detener la tragedia. Era el segundo incendio que sufría la mansión en catorce años. Y seguramente el definitivo. Varias horas más tarde, la casa se había convertido en un amasijo informe de hierros calcinados y de restos humeantes. Nada quedaba de aquella mansión que nos había embrujado a Clara y a mí. Solo el recuerdo.

Nadie fue capaz de encontrar entre la catástrofe los restos humanos de Otto Niemetschek. Su rastro se había evaporado como el humo.

Capítulo vigésimo noveno

EL curso llegó a su fin. De manera increíble, aprobé todas las asignaturas, aunque la nota media no era para tirar cohetes. Cinco y medio, una calificación bajísima, pero al menos había conseguido superar cuarto de la ESO y se me abrían las puertas del Bachillerato. Mi tía no podía ocultar su satisfacción.

Sin embargo, yo me sentía terriblemente triste.

Clara había vuelto a recaer en su enfermedad, justo en la época de los exámenes finales, y no pudo realizar ninguno, por lo que estaba obligada a presentarse en septiembre a todas las asignaturas.

Había desaparecido sin avisarme.

Me encontré a Julia a la puerta del instituto el día de la clausura. Me contó que se iba de campamento de verano a uno de esos pueblos abandonados que hay por el norte de España. Le pregunté por Clara y me aseguró que ella tampoco sabía nada. Luego, derivó la conversación hacia sus vacaciones.

–Habrá gente de muchos lugares –me comentó ilusionada.

–Yo creo que me voy a pasar todo el verano en Zaragoza, con mis padres. Bueno, tampoco es un plan tan malo.

–¿Sabes? –el rostro de Julia estaba nimbado por la luz del sol–. Creo que te voy a echar de menos.

–¿A mí?

–Claro, ¿quién me va a defender si se me arrima algún moscón y no me deja en paz? El mundo está lleno de tipos como el Quincalla.

Sonreí, halagado.

–Tú sabes defenderte sola.

Nos dimos un beso en la mejilla.

–Cuídate, Llanero.

La vi marchar con ademán risueño, la larga cabellera al viento, escultural como una diosa. No albergaba ninguna duda de que Julia Latorre había nacido para triunfar. Me di la vuelta, dispuesto a largarme a casa, cuando sorprendí en la acera contraria a Óscar Ripoll y a Soraya, cogidos de la mano, lo mismo que dos tortolitos.

¡Ripoll y Soraya! La vida era una caja de sorpresas. Me alegré sinceramente y tuve que reconocer que estaban hechos el uno para el otro.

Crucé la calle y salí a su encuentro. Óscar y yo nos dimos un abrazo. Era evidente que estaban liados, pero me hice el despistado.

–¿Qué vas a hacer este verano? –le pregunté.

Ripoll parecía tener siempre las respuestas preparadas para cualquier pregunta.

–Estoy trabajando en un proyecto científico. De momento, he convencido a mis padres para que me dejen montar un laboratorio en el cuartucho que tenemos en la azotea del edificio. Apenas tiene ocho metros cuadrados y carece de ventilación, pero me apañaré.

–¿Y de qué va el proyecto?

–Es algo relacionado con la genética de las lombrices. He descubierto que una lombriz posee cinco corazones. En cambio, no tiene ojos ni pulmones.

–Muy interesante.

–Voy a instalar un hábitat propicio para la cría de lombrices. Pienso estudiar su valor energético y culinario. Los maoríes las consideran una *delicatessen*.

–Solo de pensarlo se me abre el apetito –comenté burlonamente; luego miré a Soraya–. ¿Y tú?

Soraya seguía teniendo cara de susto, incluso con el curso terminado. Se limitó a torcer el gesto en una mueca que no la comprometía a nada.

–No tengo ni idea.

–A lo mejor me ayuda con las lombrices –dijo entusiasmado Ripoll.

–Ni lo sueñes –protestó Soraya con una energía desconocida.

–¿Por qué? Son unos animalillos muy simpáticos.

–¡Y un cuerno!

Sonreí. Las lombrices de mi amigo Ripoll iban a desatar la primera pelea de enamorados entre ellos.

–Bueno, os dejo. Ya nos veremos.

Óscar y yo volvimos a darnos un abrazo. Soraya se dejó besar sin entusiasmos. Era una de esas mujeres con las que yo no me enrollaría jamás.

Los vi marchar cogidos de la mano, discutiendo por el asunto de las lombrices. Sonreí y deseé con todas mis fuerzas que fueran muy dichosos.

Eché a andar hacia la casa de mi tía. El sol caía a plomo sobre la ciudad, como un bloque de fuego. Todos parecían felices excepto yo.

Mis pensamientos volaron hacia Clara. La echaba de menos. ¿Qué había sido de ella? Volví a llamarla por enésima vez, con el mismo resultado. El teléfono al que llama está apagado o fuera de cobertura.

Alguna vez había llamado al fijo, pero el resultado era el mismo. Desde hacía un par de semanas nadie parecía residir en el piso. Nadie respondía. El silencio y el misterio más absolutos se habían cernido sobre la vida de Clara, y yo ya no podía seguir soportando por más tiempo aquella incertidumbre.

Decidido a saber de una vez por todas qué ocurría, me presenté en la calle del Mar. Era media mañana de un jueves de finales de junio. Había pasado por una floristería que me pillaba más o menos de paso, donde compré una orquídea blanca. Cuando llegué a la puerta, me miré en el cristal como ante un espejo, me acicalé por encima y pulsé el timbre.

Esperé inútilmente, pero nadie respondió. Me quedé indeciso. No me apetecía volverme a casa sin saber qué estaba pasando. Clara vivía en el 1.º A, así que llamé al 1.º B. Una voz de mujer me preguntó qué quería. Dije que era amigo de don Ismael Rovira y me abrió la puerta. Subí hasta el primer piso. La vecina me esperaba en el rellano con batín y babuchas.

–Don Ismael y Clarita hace días que están en el hospital –me informó.

Al oír aquello se me cayó el alma a los pies.

–¿En el hospital? ¿Qué sucede?

–Están en el IVO –añadió bajando la voz.

Era la primera vez que oía semejante nombre. Fruncí el ceño.

–¿El IVO? ¿Y qué es eso?

Su rostro se transformó. Noté que le costaba decírmelo y me asusté.

–¿Pasa algo? ¿Qué es el IVO?

La mujer tragó saliva antes de responderme.

–El Instituto Valenciano de Oncología.

Si me hubiera caído en la cabeza una losa del techo no me habría hecho más efecto. Me quedé sin poder de reacción.

Cuando recuperé la noción de la realidad, comencé a correr por la calle en dirección al hospital. Corría con tantas ganas que la gente se paraba a contemplarme en mitad de la calle.

Llegué exhausto, al borde de la taquicardia. Pregunté en recepción, atragantándome con mis palabras, y me dijeron que Clara Rovira se encontraba ingresada en la Unidad de Medicina Intensiva.

–¿Puedo verla?

–Lo siento. El horario de visita es de 12:30 a 13:00 por la mañana, y de 19:30 a 20:00 por la tarde.

Miré el reloj de pared. Eran las 11:40. Faltaba casi una hora. Aquella contingencia no la había previsto.

–¿Y no hay nadie con ella?

–Es posible que algún familiar esté en la cafetería o en la sala de espera.

Me dirigí a la cafetería con la esperanza de encontrar allí a Ismael Rovira, pero no tuve fortuna. Busqué en la sala de espera que estaba bastante poblada. Vi rostros cansados. En una silla del fondo, arrimado a la pared, con la expresión totalmente abatida, descubrí a Ismael Rovira. Vestía de negro. El pelo, el bigote y la barba parecían más blancos que de costumbre. Me dio la impresión de que aquel hombre envejecía a pasos agigantados.

Me acerqué hasta colocarme ante él, como una sombra. Él alzó la vista y me contempló en silencio. Luego, se incorporó pesadamente.

–Te estaba aguardando –me dijo.

Salimos de la sala de espera y nos dirigimos a la pequeña cafetería. Pedimos dos cafés. Durante unos minutos permanecimos callados. Ninguno de los dos se atrevía a romper el silencio, duro e impenetrable igual que un bloque de hielo.

–¿Por qué no me avisó?

Quise que mis palabras sonaran a reproche, pero no lo conseguí. Más bien parecían una súplica o una oración.

–Uno no sabe nunca cómo reaccionar ante esto. Lo siento.

Bebimos en silencio.

–¿Qué es lo que tiene exactamente Clara?

Ismael me contempló con ojos derrotados. Cuando habló, la voz se le quebró como un vidrio al romperse.

–Cáncer en los huesos.

Pensé que no había oído bien, que aquella palabra maldita nadie la había pronunciado, que tal vez estaba soñando. Parpadeé, aturdido, como si de repente no comprendiera nada de lo que sucedía alrededor de mí. Me sentía el ser más desdichado del mundo. Cáncer óseo. Bajé la mirada hasta el suelo, porque no podía seguir soportando la expresión derrotada de Ismael Rovira, y cerré los ojos para evitar que las lágrimas afluyeran a mi rostro. Pero no lo conseguí.

Incapaz de seguir soportando tanto dolor, me cogí la cabeza con ambas manos y comencé a llorar.

La voz ronca de Ismael salió en mi rescate algunos minutos más tarde.

–Los médicos son pesimistas. Cuando han detectado la metástasis ya era demasiado tarde. El sarcoma que se inició en la pelvis se ha extendido al pulmón y al cerebro.

Aquello era demasiado duro para asimilarlo con tan pocas palabras.

–¿Y no hay nada que pueda hacerse? –pregunté con un hilo de voz.

–La cirugía nunca es suficiente en casos así. Los médicos han comenzado por aplicarle un combinado de ifosfamida y etopósido, como medida preoperatoria. Dentro de tres días la van a intervenir y luego habrá que aplicar quimioterapia.

–Entonces…

–La esperanza es lo último que se pierde, pero la enfermedad avanza demasiado deprisa por su cuerpo. Lo peor es que la enfermedad se ha extendido por otras zonas capitales y eso ha agravado más su estado.

Nos volvimos a quedar callados un buen rato, masticando la tragedia.

A las 12:30 subimos a la habitación. Clara yacía sobre una estrecha cama. La habitación era blanca, limpia, no demasiado grande, con un gran ventanal por el que entraba toda la luz de la mañana de junio.

Me acerqué hasta ella con la orquídea en la mano derecha. Ella me sonrió. Estaba muy pálida. La piel se le transparentaba. Me dio las gracias con una voz apenas audible.

–Te he echado de menos –susurró.

Yo tenía un nudo en la garganta. Le pedí a la enfermera que colocara la orquídea blanca en un búcaro. Así lo hizo, solícita.

–Yo también –dije en el mismo tono.

Clara me tendió la mano y se la cogí. Ardía. Debía de tener una fiebre altísima. Acaricié sus dedos con ternura, uno tras otro, como si acariciara los pétalos de una flor, y luego acaricié su frente y sus pómulos, por los que se deslizaban, furtivas, unas pequeñas lágrimas. Acaricié también sus cabellos rubios, que caían blandamente sobre la almohada.

–¿Cómo te encuentras? –pregunté sin aliento.

Ella acentuó la sonrisa. Noté que sus ojos verdes estaban quedándose sin brillo. Traté de devolverle la sonrisa, pero mi cara debió de dibujar una mueca de desolación.

–Esta gente no me deja ni coger el móvil –bromeó–. He pedido la hoja de reclamaciones, pero no me han hecho caso. ¿Y tú?

–Estoy bien. He aprobado el curso completo.

–Vaya. Eso sí que es una buena noticia. Enhorabuena. ¿Cómo lo has conseguido?

–Bueno, creo que le debo bastante a Pitágoras, ya sabes. Siempre estaba dispuesto a ayudarme. Y con las demás he tenido suerte.

Durante unos momentos nos quedamos callados, mirándonos el uno al otro, sin saber cómo continuar aquella conversación. Ambos sabíamos que a aquellas alturas las notas académicas eran lo menos importante, pero ninguno de los dos nos atrevíamos a mencionar su enfermedad. ¡Teníamos tanto que decirnos! Y, sin embargo, no éramos capaces de hablar.

Los dedos de Clara se aferraban a los míos como los de un náufrago a una tabla de salvación y yo notaba que el suelo estaba comenzando a moverse bajo mis pies.

–Te pondrás bien –dije conteniendo a duras penas las ganas de llorar.

–¿Sabes? –dijo ella de repente sin subir el tono de voz–. Esta noche he soñado que tú y yo habíamos aprendido a volar, y lo hacíamos como dos pájaros por encima de la ciudad.

–Sería estupendo.

–Era increíble. Me desperté con sensación de vértigo en el estómago.

–Cuando salgas de aquí, lo primero que haremos será volver a la torre del campanario. Ahora en verano hay unas vistas magníficas.

Ismael había permanecido en segundo plano. Avanzó hasta situarse a mi lado, junto a la cama, y le tendió la mano a su hija.

–Debes descansar, Clara –susurró–. Es hora de que te dejemos sola.

Poco después, Ismael y yo abandonamos la habitación. Clara nos dijo adiós desde la cama con una sonrisa triste, los ojos cansados. Le devolvimos la sonrisa y cerramos la puerta. Cuando regresamos al pasillo, ambos nos quedamos otra vez sin saber qué decirnos. La posibilidad de perder a Clara era insoportable.

Ismael volvió a entrar en la sala de espera, se sentó en un rincón y se olvidó del mundo. Yo me despedí de él y salí a la calle. Necesitaba que me diera el aire porque estaba a punto de desmayarme.

Durante medio año Clara luchó a brazo partido contra el sarcoma que la devoraba sin piedad. La cirugía y la quimioterapia no sirvieron para nada. Pasó sus últimos meses en una silla de ruedas, delgada, ojerosa, convertida en una sombra de sí misma, soportando con una fuerza increíble el dolor y el sufrimiento. Sin quejarse jamás.

Lloré y maldije mil veces, y se me fueron los días y las noches rezando, pidiéndole a Dios que no la dejara morir, que se llevara mi vida a cambio de la suya, sin apartarme de su lado en ningún momento.

Clara murió una tarde de finales de noviembre, cuando el otoño tejía guirnaldas de oro sobre la ciudad. El aire frío traía efluvios de mar y, al soplar, como un diosecillo juguetón, arrancaba las últimas hojas amarillas de los árboles. Las calles parecían alfombradas por tapices de cobre y escarlata.

El funeral fue oficiado en la catedral. Acudió tanta gente que muchos de los asistentes a la ceremonia permanecieron fuera del templo mientras el sacerdote celebraba la misa.

El instituto en bloque vino a despedir a Clara. Yo no tenía fuerzas para alzar los ojos del suelo. A mi lado estaban mi tía Adriana y mis padres, que habían venido a propósito desde Zaragoza. En la otra fila de bancos vi a los profesores: el Cachas, el Sintagma, Pepinillo, Mary Poppins, Eduardo, Sor Potasia... Vi al jefe de estudios, al director... Y vi también a los compañeros: Julia Latorre, Soraya, Óscar Ripoll, el Quincalla, vestido sin cadenas ni hierros, Navarro, Ballester... Todos estaban cabizbajos y hundidos en la más absoluta tristeza. Algunos se pasaban pañuelos por la cara de vez en cuando.

En otra fila de bancos vi al inspector Horacio Boltaña. Más allá distinguí el rostro de Rebeca Miralles. Y el de Tunde, el muchacho nigeriano de Barona. Me pregunté cómo se habría enterado.

Clara dormía dentro de un ataúd blanco, rodeada de orquídeas blancas, y su rostro bellísimo parecía de cera. Así es como la vi por última vez. El pelo rubio, los ojos verdes cerrados para siempre, las manos cruzadas sobre el pecho, la sonrisa congelada en sus labios finos, aquellos labios que yo había besado tantas veces, ahora fríos, sin color y sin vida.

Capítulo trigésimo

CLARA se había marchado para siempre y con ella se me habían ido las ganas de reír. Mi vida se apagó y se convirtió en gris y anodina.

Su recuerdo me asaltaba a cada momento. A veces me perdía por las calles solitarias, como cuando llegué por primera vez a la ciudad. Buscaba rincones poco transitados para dar rienda suelta a mi dolor. Al principio solía acompañarme de algún libro, pero ya no me molestaba en coger ninguno, porque era incapaz de leer dos párrafos seguidos. Mi pensamiento se iba una y otra vez hasta Clara.

Alcé los ojos y contemplé el cielo, sucio como una sábana de ceniza. Algunos pájaros pasaron en bandada, con una algarabía infernal.

«Me gustaría volar», había dicho Clara en más de una ocasión.

Sí. Sería bonito volar.

De repente sonó el móvil. Estuve a punto de no descolgar. No me apetecía hablar con nadie. Quería estar solo conmigo mismo y con el recuerdo de Clara.

–¿Sí?

–Soy Ismael.

Sentí un nudo en el estómago.

–Tengo que hablar contigo –añadió.

Quedamos en vernos dos horas más tarde en los jardines de Monforte.

Vagabundeé por la ciudad, sin saber adónde ir, hasta que se hizo la hora. No había vuelto a ver a Ismael desde el sepelio de Clara, y sinceramente, no dejaba de extrañarme su llamada.

Los jardines de Monforte fueron trazados en el siglo XIX siguiendo un diseño neoclásico. En ellos abundan las estatuas de mármol, los estanques y los surtidores. Hay una plazoleta semicircular cerrada por un barandal de hierro, que da acceso a una portada flanqueada por dos leones de mármol. También un palacete, que es en realidad un pabellón de reposo sin uso, y por esa parte se llega a un parque rectangular, en desnivel, rodeado por muretes.

A pesar de que llegué con diez minutos de antelación, Ismael Rovira ya estaba esperándome, sentado en un banco. Sobre él pendía un emparrado de hiedra. Al verme se levantó y salió a mi encuentro.

Me pareció un anciano decrépito.

–Hola, Sergio.

Nos dimos la mano.

–He venido a despedirme de ti. Me voy.

–¿Adónde se marcha?

–Lejos de todo.

Nos quedamos callados unos segundos. Uno no puede irse lejos de todo porque uno no puede irse lejos de sí mismo. Lo pensé, pero no dije nada.

–No puedo vivir aquí –añadió–. Y supongo que en ninguna parte.

Aquellas palabras me hicieron meditar sobre mi situación. ¿Dónde podía vivir yo? Mis padres habían insistido en que regresara a Zaragoza para recuperar mi vida habitual, pero yo no quise abandonar a Clara cuando más me necesitaba. No hubiera podido vivir lejos de ella los últimos meses de su vida. Después de su muerte, estuve pensando en la posibilidad de pedir el traslado de expediente y regresar a casa, con mis padres, y retomar mis estudios en el instituto de siempre. Pero no podía engañarme. Quería seguir viviendo en la misma ciudad en la que Clara y yo habíamos sido felices. Al menos aquí me quedaba el sabor de las calles, las plazas, los lugares que ella y yo habíamos recorrido juntos. En esta ciudad permanecía latente su memoria.

Desde la muerte de Clara el mundo carecía de sentido. Su recuerdo me acompañaba a todas horas. Las chicas que veía o conocía tenían su rostro, su sonrisa, su voz. Por las noches me acostaba pensando en ella. Y al amanecer me despertaba con la sensación de que había sufrido una pesadilla, de que todo era mentira, que Clara seguía viva, conmigo, y que en cualquier momento iba a verla otra vez. Vivía en un estado de angustia permanente.

–Me voy, pero no quería marcharme sin contarte el secreto que llevo ocultando tantos años.

Empezamos a pasear entre los setos que bordeaban los caminos. Había arbustos y flores de colores variados. Las buganvillas y las madreselvas trepaban por columnas y emparrados. En los estanques sonaba la musiquilla de cristal del agua.

–¿Secreto? No comprendo.

–No puedo soportar por más tiempo el secreto que ha martirizado mi vida –dijo con una voz que me pareció a punto de romperse–. El 7 de mayo de 2002 era martes. Mi amigo Otto se encontraba en un congreso en la ciudad de Estocolmo. Yo no había querido acompañarlo. Pero esa tarde, mi hija Clara y yo decidimos visitar a Bárbara en su mansión. Solíamos ir a menudo, sobre todo cuando estaba Otto. No solo éramos compañeros de trabajo, también éramos amigos. Bárbara era una mujer excepcional, bella y culta, y además poseía otras cualidades que la hacían diferente. Era una excelente persona, y desde la desgraciada muerte de mi esposa Clara se convirtió en algo así como una segunda madre para mi pequeña Clara.

»Aquel martes, 7 de mayo, mi hija y yo visitamos a Bárbara y a sus hijas en la mansión La Rosa Negra. Era el cumpleaños de Eva, la segunda de sus niñas. Celebramos una pequeña fiesta familiar en la que, por supuesto, todos echamos de menos a Otto. Cuando llegó la hora de retirarnos, Clara quiso quedarse a dormir. Tenía dos años, la misma edad que Alexandra, la hija más pequeña de Bárbara y de Otto. Yo dije que no, pero las niñas insistieron y Bárbara no vio razón para que la niña no pudiera pasar la noche con ellas. Al fin y al cabo, había espacio para todas. No era la primera vez que algo así sucedía. Me marché a casa y me acosté. A la mañana siguiente, temprano, me llamó la policía. La Rosa Negra había sido arrasada por el fuego, y Bárbara y las niñas habían perecido en el incendio. En cuanto llegué, me quedé horrorizado.

»El fuego había devorado el edificio por completo. Los bomberos se afanaban inútilmente en sofocar lo que podían, que era poco, o nada. Ante mis ojos se ofrecía el espectáculo más macabro que jamás alguien pueda imaginar. Una estructura de hierro calcinado, escombros humeantes, cascotes negros. Los cuerpos de las víctimas aparecieron carbonizados. Un esqueleto de adulto, dos adolescentes y una niña. Faltaba un cuerpo. Nadie sabía, excepto yo, que mi hija había pasado la noche en aquella casa. Busqué como un loco. Grité, chillé, la policía y los bomberos empezaron a buscar entre los escombros. Fueron minutos de angustia, hasta que, de modo inesperado, dimos con el cuerpo que faltaba. Era una niña de dos años y estaba milagrosamente viva. Se había salvado escondiéndose en un hueco pequeño, una especie de ratonera que había sido usada como antiguo conducto de ventilación. La niña apenas cabía en ese espacio tan reducido. Tuvo que aguantar toda la noche sin hablar, sin decir nada, respirando con dificultad, aterrorizada al oír los gritos de su madre y sus hermanas, sintiendo el desmoronamiento de la casa, asfixiándose con el humo, creyendo que iba a perecer en aquel infierno de fuego y horror.

Ismael hizo una breve pausa para tomar aliento. Las lágrimas habían comenzado a aflorar a sus pupilas.

–Esa niña no era mi hija Clara. Era Alexandra Niemetschek.

Abrí unos ojos como platos.

–La que había muerto en el incendio era mi hija, y la que se había salvado era la hija pequeña de Otto y Bárbara. La niña se encontraba bajo un estado de choque emocional, sin poder hablar, sin capacidad de reacción. Tenía dos años y estaba aterrada. Cuando me vio a mí entre tantos policías y bomberos, entre tanto horror, se lanzó a mis brazos. Yo era la única persona que ella conocía. La abracé como si fuera mi hija. Lloramos juntos. Una niña de dos años y un hombre que acababa de perder a su única hija. El resto ya lo imaginas.

Me había quedado completamente estupefacto.

–Entonces, entonces…

–La chica que tú conociste no era mi hija Clara. Clara murió en aquel maldito incendio de 2002. Era muy fácil cambiar la identidad de las niñas. Y pensé que Dios había sido demasiado injusto conmigo. Me quitó a mi mujer el día que dio a luz a Clara y ahora me quitaba a mi hija con dos años… La pequeña Alexandra estuvo sin hablar un mes, traumatizada. Me la llevé a mi casa y la hice pasar por mi hija. Cuando vino Otto de Suecia, solo encontró cuatro cuerpos calcinados. Otto perdió la cordura. Mandó levantar un mausoleo en el cementerio general de la ciudad y allí enterró los cuerpos. Solamente yo sabía que el cuerpo calcinado más pequeño correspondía en realidad a mi hija Clara.

–Entonces Clara…

–La Clara que tú conociste y de la que te enamoraste era, en realidad, Alexandra Niemetschek.

Me dejé caer sobre un banco porque las piernas habían empezado a temblarme. Aquello explicaba muchas cosas. Recordé la fascinación que Clara había sentido siempre por la casa, los momentos en que se quedaba como hechizada... Evoqué el día en que contempló el cuadro de Carlos Buendía. En su mente infantil debió de sobrevivir aletargado algún recuerdo solapado de la infancia, un rescoldo de memoria... Y ahora entendía por qué la estatua de mármol negro con el rostro de su madre había acariciado las facciones de Clara con sus dedos de piedra, y por qué Otto Niemetschek la había salvado de morir aplastada por la viga ardiendo... Y el sueño de Clara, aquel sueño obsesivo en que ella se veía encerrada en un cuartito pequeño, rodeada de humo, fuego y voces... Era una reproducción del día en que salvó su vida con tan solo dos años...

Ismael se sentó en un banco de piedra y se tapó el rostro con las manos.

Permanecimos así casi media hora, mientras los contornos del cielo se disolvían alrededor de nosotros como una acuarela azul.

Me levanté y me quedé mirándolo. Él alzó los ojos vidriosos.

–Me marcho, Ismael.

Él no se levantó, ni me tendió la mano. Se limitó a observarme a través de las lágrimas.

–No creo que volvamos a vernos –dijo casi sin voz.

Yo pensaba lo mismo.

Me marché de allí con la sensación de que acababa de extraviarme para siempre.

De vez en cuando vuelvo a subir los doscientos nueve escalones de la torre del campanario de la catedral y, apoyado sobre la barandilla, contemplo el horizonte. Admiro la ciudad a mis pies, allá abajo. En cualquier dirección que ponga los ojos, distingo gente que va y viene, vehículos, luces… Veo la vida bullir en toda su plenitud. La gente se afana en sus cosas. El mundo sigue. Continúa la rueda de la existencia. Ajena a mí, ajena a Clara, ajena a todo.

Aquí me siento bien. Recuerdo la primera vez que subí con Clara, aquella tarde lejana y lluviosa de mis primeros tiempos en la ciudad. Me encontraba fatal conmigo mismo, con el mundo… Clara iluminó mi vida. Fue un rayo de luz en medio del paisaje de tinieblas que me envolvía. Y ahora, al haberse marchado, mi alma vuelve a llenarse de sombras y de brumas.

Me asomo al vacío. Clara siempre quiso volar. Sé que ahora podrá hacerlo como un pájaro libre. Alzo los ojos y contemplo su rostro en el lienzo del cielo. Hay nubes blancas que pasan empujadas por las manos transparentes del viento. A veces cruzan pájaros por el espacio. El sol, a lo lejos, parece una naranja de oro desangrándose lentamente… Sonrío. Estoy seguro de que Clara estará viéndome desde algún lugar muy lejano. Sé que su alma volará, colmada de luz. Lo sé.

Dirijo los ojos hacia el mar. La línea del horizonte divide en dos franjas azules el cielo y el mar. Hay un resplandor bellísimo que atraviesa las nubes y forma como una cortina de luz que vela el agua sobre cuya superficie se deslizan barcos diminutos.

Cierro los ojos.

Escucho las notas de su piano sonando en mi alma, mientras los ojos verdes de Clara, de Alexandra, me contemplan enamorados y sus labios me sonríen desde la eternidad.

Índice

Títulos publicados

1. Robert Swindells, *Calles frías*
2. Heinz Delam, *La maldición del brujo-leopardo*
4. Oriol Vergés, *Un pueblo contra los Hamid*
5. Anja Tuckermann, *Muscha*
7. José Luis Velasco, *Atrapado en la oscuridad*
9. Alfredo Gómez Cerdá, *El beso de una fiera*
10. Concha López Narváez y Carmelo Salmerón, *El visitante de la madrugada*
13. Fernando Lalana, *El paso del estrecho*
15. Heinz Delam, *La selva prohibida*
16. Jordi Sierra i Fabra, *Retrato de un adolescente manchado*
18. José María Latorre, *La leyenda del segundo féretro*
19. Els de Groen, *Casa sin techo*
20. Eliacer Cansino, *El misterio Velázquez*
22. Jordi Sierra i Fabra,
    Un hombre con un tenedor en una tierra de sopas
26. Christian Grenier, *El ordenador asesino*
27. Heinz Delam, *Likundú*
28. Concha López Narváez y Miguel Salmerón,
    Hola, ¿está María?
29. José María Latorre, *Pueblo fantasma*
30. Alfredo Gómez Cerdá, *La última campanada*
31. José Ramón Ayllón, *Vigo es Vivaldi*
33. Jordi Sierra i Fabra, *97 formas de decir «te quiero»*
38. Juana Aurora Mayoral, *Seis cerezas y media*
40. José María Latorre, *La mano de la momia*
41. Marisol Ortiz de Zárate, *Los enigmas de Leonardo*
42. José Ramón Ayllón, *Diario de Paula*
43. Concha López Narváez, *Los pasos del miedo*
44. Santiago Herraiz, *Jaque en la red*
46. Fernando Lalana, *Amnesia*
47. Jordi Sierra i Fabra, *En una esquina del corazón*
49. Roberto Vivero, *Hello Goodbye*
50. Heinz Delam, *La noche de las hienas*
52. Jordi Sierra i Fabra, *Sin tiempo para soñar*

55. Francisco Díaz Valladares, *La venganza de los museilines*
56. José María Latorre, *Después de muertos*
57. Marcial Izquierdo, *El último día de mi vida*
58. Francisco Díaz Valladares, *El último hacker*
59. Carlos Puerto, *Zumo de mango*
60. Jordi Sierra i Fabra, *Los olvidados*
61. César Fernández García, *No digas que estás solo*
62. Santiago Herraiz, *Llora Jerusalén*
63. Jordi Sierra i Fabra, *El funeral celeste*
64. Gianni Padoan, *Concierto de libertad*
65. José Ramón García Moreno, *Dos muertos y pico*
66. Francisco Díaz Valladares, *A orillas del mal*
67. Jordi Sierra i Fabra, *Anatomía de un «incidente aislado»*
68. Miguel Luis Sancho, *Días de lobos*
69. Jorge M. Juárez, *La misteriosa fragua de Vulcano*
70. Jordi Sierra i Fabra, *La canción de Mani Blay*
71. Concha López Narváez y María Salmerón, *El último grito*
72. Arturo Padilla, *Supervivientes detrás de las cámaras*
73. Enrique Páez, *Cuatro muertes para Lidia*
74. César Fernández García, *La niebla que te envuelve*
75. Andrés Guerrero, *Siempre estaré allí*
76. Eliacer Cansino, *El chico de las manos azules*
77. Francisco Díaz Valladares, *Terror bajo los hielos*
78. Juan Ramón Barat, *La sepultura 142*
79. Fernando Lalana, *La maldad o algo parecido*
80. Juan Ramón Barat, *Deja en paz a los muertos*
81. Juan Ramón Barat, *Clara en la oscuridad*
82. Jordi Sierra i Fabra, *Después del huracán*
83. Rebeca Álvarez, *If*
84. Daniel Hernández Chambers, *Muéstrame la eternidad...*
85. Arturo Padilla de Juan, *Prisioneros del mar*
86. J. R. Barat, *Llueve sobre mi lápida*
88. Monserrat del Amo, *La vida no tiene música de fondo*
89. Juan Ramón Barat, *La noche de las gárgolas*
90. Jordi Sierra i Fabra, *Im-Perfecto*
91. Fernando Lalana, *El muerto al hoyo*
92. Juan Ramón Barat, *La Perla de Sanzio*

PARALELO CERO

*Este libro se terminó
de imprimir en el mes
de abril de 2019*